AF740966

www.ingramcontent.com/pod-product-compliance
Lightning Source LLC
LaVergne TN
LVHW010101061026
849532LV00005BA/1874

9789358728224

رنگوں کے رنگ

(افسانے)

مرتبہ:

ادارۂ ادبیاتِ اردو

RangoN ke Rang *(Afsane)*
Edited by: Idara-e-Adabiyat-e-Urdu
Edition: December '2023
Publisher:
Taemeer Publications LLC (Michigan, USA / Hyderabad, India)

ISBN 978-93-5872-822-4

کتاب	:	**رنگوں کے رنگ**
مرتب	:	**ادارۂ ادبیاتِ اردو**
صنف	:	فکشن
ناشر	:	تعمیر پبلی کیشنز (حیدرآباد، انڈیا)
سالِ اشاعت	:	۲۰۲۳ء
صفحات	:	۴۲
سرورق ڈیزائن	:	تعمیر ویب ڈیزائن

فہرست

تعارف

ادارۂ ادبیات اردو کا قیام سابق ریاست حیدرآباد دکن میں ۱۹۳۰ء میں ہوا تھا۔ یہ ادارہ شہر حیدرآباد کے علاوہ ریاست دکن کے دیگر اضلاع میں اردو زبان و ادب کے فروغ کا کام کرتا تھا اور ریاست دکن کے اضلاع میں بھی اس کی شاخیں قائم تھیں۔ یہ ایک طرح کی ادبی تحریک تھی جس کے روحِ رواں اور بانی مشہور محقق ڈاکٹر محی الدین قادری زور تھے۔

اردو زبان و ادب کی توسیع اور حفاظت، اردو کو مختلف علوم و فنون سے روشناس کرانا، سرزمین دکن میں اردو زبان و ادب کا صحیح ذوق پیدا کرنا، تاریخ دکن کی خدمت اور ملک کے تاریخی اور ادبی آثار کی حفاظت اور تصنیف و تالیف میں رہبری اور مدد جیسے عوامل اس ادارہ کے مقاصد میں شامل تھے، جو برسہا برس سے بحسن خوبی انجام پا رہے ہیں۔ ادارۂ ادبیات اردو آج کے دور میں بھی اپنی مطبوعات اور رسائل کے لیے شہرت رکھتا ہے۔ رسالہ "سب رس" اسی ادارے کی دین ہے۔ رسالہ "سب رس" کے ۲۰۲۳ء کے چند شماروں سے اخذ کردہ افسانوں کا ایک انتخاب اِس کتاب کے ذریعے پیش خدمت ہے۔

ہولی کی بھینٹ

لکشمی دیوی راج

بڑے بھیا مجھ سے دو سال بڑے ہیں اور ہم دونوں ایک دوسرے سے بہت مانوس ہیں۔ دونوں فطرتاً شریر، باتونی اور ملنسار۔ بھیا مجھے بے حد چاہتے ہیں اور مجھے خوب سمجھتے بھی ہیں۔ سات یا آٹھ سال کی عمر تک ہم دونوں اک ہی اسکول جاتے رہے جہاں ہمارے ساتھ سدھا، جینت اور شرد بھی ہمارے ساتھ پڑھتے تھے۔ پھر سدھا میری کلاس میں اور وہ تینوں ایک کلاس میں ہو گئے۔ بس ہم ہمیشہ ساتھ کھیلتے اور ایک دوسرے کی سالگرہ کی دعوتوں میں شریک ہوتے۔ سدھا اور میں کلاس میں پاس پاس بیٹھتے کافی دوستی بڑھتی رہی۔ بھیا ۸ سال کے ہو گئے تو بھیا جینت اور شرد تینوں لڑکوں کے مدرسے میں شریک ہو گئے۔ بھیا کا اسکول ہمارے اسکول کے قریب تھا۔ سدھا اور میں کبھی کبھی Lunch Break میں بھیا کے اسکول چلے جاتے اور ہم پانچوں بیٹھے ساتھ کھانا کھاتے باتیں کرتے۔ لیکن یہ سلسلہ زیادہ دن نہ چل سکا۔ جیسے ہی سدھا اور میں ۸ سال کے ہو گئے تو ہم دونو کا کھانا ہمارے اسکول آتا اور ہم بھیا کے اسکول نہیں جاتے۔

اسکول ختم کر کے جینت ممبئ چلا گیا، بھیا اور شرد اکٹھے کالج جاتے لگے۔ سدھا اور میں ابھی اسکول میں تھے، ہم دونوں کو ابھی اسکول ختم کرنا تھا۔ بھیا اور شرد اکثر شام کو کالج سے سیدھے گھر آجاتے۔ اتوار کو وہ دونوں اپنے اور دوستوں سے ملنے چلے جاتے۔ سدھا اور میں اکثر اتوار کو ملتے رہے۔ اسکول ختم ہوا تو سدھا اور میں نے بھی بیا کے کلا میں داخلہ لے لیا۔ اور ہم چاروں پہلے کی طرح Lunch ساتھ کرتے۔ کبھی کبھار بھیا اور شرد ہم دونوں کو گھمانے لے جاتے یا کسی دن سنیما دیکھنے چلے جاتے۔ بھیا اور شرد نے Graduation کر لیا بھیا اعلیٰ تعلیم حاصل کرنے لندن سدھارے۔ شرد اکثر ہمارے گھر آتا اور ہمارے والد کے ساتھ وقت گزارتا۔ اسے شاید لگا ہوگا کہ بھیا کے جانے کے بعد والد تنہا محسوس کرنے لگے ہوں۔ والد شرد کے ساتھ باتیں کرتے، Tennis کھیلتے، شرد ان سے بہت قریب ہونے لگا۔ وہ جیسے بھیا کے پاس آیا جایا کرتا تھا ویسے ہی اس نے آنا جانا برقرار رکھا۔ شرد کے والد کا Tea Estate تھا۔ شرد اپنے والد کے Estate پر Manager کا کام کرنے لگا۔ ان کا Estate ہمارے شہر سے کوئی 70 miles دور تھا۔ آدھے راستے سے پہاڑی ٹرین پر سفر کرنا پڑتا تھا۔ اکثر سنیچر کو وہ آجاتا اور پتاجی کے ساتھ وقت گزارتا۔ کبھی کبھی مجھے اور سدھا کر Cinema لے جاتا یا کلب میں لنچ کھلاتا۔

ایک شام سدھا گھر آئی اور اس نے خوش خبری سنائی کہ اس کی منگنی طے پائی ہے۔ ہم سب بہت خوش ہوئے۔ اب سدھا اکثر اپنے منگیتر کے ساتھ گھومنے چلی جاتی۔ شرد بھی اپنے والد کے Tea Estate میں Manager کا کام سنبھالنے چلا گیا۔ یہ Tea Estate ہمارے شہر سے قریب 70 یا 80 کیلومیٹر دور تھا۔ شرد اکثر سنیچر کو شہر آجاتا اور پتاجی کے ساتھ کھانا کھاتا یا باتیں کرتا رہتا۔ کبھی کبھی مجھے club لے جاتا lunch کراتا۔ کسی اتوار کو جھیل کے کنارے لے جاتا جہاں میں اپنا برش اور پینٹ اور دیگر سامان لے جاتی اور وہ کوئی کتاب لے آتا۔ میں ایک سائے دار درخت کے نیچے اپنا سامان رکھ لیتی۔ آسمان میں تیرتے بادل، شبنمی گھاس۔ بس تخیلات کو چار چاند لگ جاتے فضا کی خاموشی، جھیل میں ہوا کے جھونکے جھیل میں موجزن، سکون، آبادی سے دور۔ اپنے پیدا کرنے والے کے قریب....... میں Paint کرنے لگتی اور شرد چپ چاپ اپنی کتاب پڑھتا رہتا۔

بس ابھی سورج پوری طرح غروب نہیں ہوا تھا، آسمان پر گلابی، تاریخی رنگ چمکنے لگے، غروب آفتاب کی رنگینیاں پانی میں چھلکنے لگی۔ میں تو بس Paint کرتی رہی اور کھوگئی شرد نے آواز دی ''اٹھو رنجنا میڈم گھر جانا ہے کہ نہیں۔ شام ہوگئی چلو چلو، pack up میں نے سارا سامان سمیٹا اور ہم دونوں گھر پہنچے۔ وہ سیدھے پتاجی کے پاس گیا اور پرنام کیا اور جانے لگا۔ پتاجی نے اسے روکا اور کہا'' بیٹے کہاں جا رہے ہو، کھانا تو کھا لو پھر چلے جانا''۔ وہ مسکرا کر رُک گیا اور ہم سب نے کھانا کھایا۔ پتاجی سے باتیں کرتا رہا۔ Tea Estate کے بارے میں اس نے پتاجی کو اپنے Tea Estate پر مدعو کیا اور چلا گیا۔ اکثر وہ اتوار ہمارے ساتھ ہی گزارتا۔ ہم دونوں کالج کی گپ شپ یا کسی کتاب پر تبصرہ بس اس طرح پتاجی کا بھی دل بہل جاتا۔ بھیا کے جانے کے بعد پتاجی کو تنہائی کا احساس ہونے لگا تھا۔ شرد کا ان کے ساتھ اٹھنا بیٹھنا اچھا لگنے لگا۔ شرد ان کی صحت کا خیال رکھتا، اور وہ دونوں آپس میں خوش ہیں میں نے کئی مرتبہ پتاجی سے التجا کی کہ مجھے J.J. School of Arts بھجوا دیں تاکہ میں Painting کا کورس کر لوں۔ پتاجی نے صاف انکار کر دیا۔ کہنے لگے کہ وہ بالکل اکیلے ہو جائیں گے میں نے بھی چپ سادھ لی لیکن کبھی کبھار بھیا کو خط میں لکھتی کہ وہ پتاجی سے میری سفارش کریں اور پتاجی کو راضی کر کے مجھے J.J.School بھجوا دیں۔ مگر بھیا تو یہ کہہ کر ٹال دیتے کہ جب وہ چھٹیوں میں گھر آئیں گے تو وہ مجھے اپنے ساتھ لے جائیں گے اور وہاں Arts College میں داخلہ کرا دیں گے۔

ایک دوپہر میں بیٹھی Paint کر رہی تھی ٹیلی فون کی گھنٹی بجی۔ مجھے شرد کی آواز سن کر تعجب ہوا۔ میں نے کہا'' ارے شرد آپ آج تو جمعہ ہے، آپ تو اکثر Saturday کو فون کرتے ہو یا ٹپک پڑتے ہیں۔ خیریت تو ہے، چھٹی مل گئی؟ شرد نے کہا'' رنجنا مجھے بھی کچھ بولنے دوگی؟ جی اچاٹ ہو گیا تو چلا آیا۔ بتاؤ تم شام کو کیا کر رہی ہو؟ پکچر دیکھتے چلیں؟ سنا ہے Benstar بڑی زبردست فلم ہے I beleive sets are spectacular چلیں؟'' میں نے کہا'' شرد میں نے سنا وہ بری لمبی پکچر ہے، اتنی لمبی فلم دیکھتے رہے تو بھوک لگنے لگے گی، کوئی اور فلم دیکھ لیں۔ شرد نے کہا'' تم کو پانچ بجے تیار رہنے کا Ultimatum دے رہا ہوں اور فون بند۔

اس قسم کے پروگرام اکثر بنا کرتے ہی تھے پر نہ جانے کیا بات تھی کہ ساری دوپہر بے چینی سے شام کا انتظار رہا کیا وجہ تھی شاید Benstar کے Particular sets دیکھنے کی خواہش تھی یا شرد کی آواز میں کچھ بات تھی۔ چار بجے میں نے shower لے کر باہر آئی تو دیکھا سدھا میرے کمرے میں براجمان! میں نے سدھا سے پوچھا'' شرد نے تم کو بھی پکچر چلنے کی دعوت دی''۔ سدھا نے کہا'' نہیں میں تو تم کو اپنے ساتھ لینے آئی ہوں، اروند کے لیے تحفہ خریدنے نکلی، سوچا تم ساتھ چلو تو میری مدد ہو جائے گی۔ میں نے سدھا کو بتایا کہ شرد پانچ بجے آنے والے ہیں، وہ تو Unusually ہفتے کو آتے ہیں، پر آج پہنچے اور مجھے پکچر چلنے کہا۔ تم بھی اب سم آنے لگی ہو نہ؟'' سدھا نے شرما کر مسکرایا۔'' میں نے شرد کے ساتھ جانے کا پروگرام Accept کر لیا بس اب وہ آتے ہی ہوں گے۔ سدھا معاف کر یار، sorry میں نے کبھی تم کو ناراض نہیں کیا'' او ہو رنجنا ابھی تو صرف چار بجے ہے، ہم یوں گئے اور یوں لوٹ آئیں گے۔ شرد کوئی غیر نہیں، تھوڑا انتظار کر لیں گے۔ پکچر تو ساڑھے چھ بجے شروع ہوگی۔ ہم ڈیڑھ بجے تک لوٹ آئیں گے۔ میں سدھا کے ساتھ چل گئی، رہ رہ کر خیال آتا رہا کہ شرد کیا سوچیں گے کئی مرتبہ ایسا بھی ہوا تھا کہ میں Paint کرنے میں اتنی کھو جاتی کہ وقت کے گران یکا احساس ہی نہ ہوتا، شرد پہنچ جاتے۔ ان کی گاڑی کی آواز مجھے چونکا دیتی اور میں تیار ہونے دوڑتی مگر آج نہ جانے کیوں مجھے شرد کا شدت سے انتظار تھا۔ جیسے ہی سدھا اور میں گھر میں داخل ہوئے شرد کی کار آ پہنچی۔ شرد کار سے اُتر کر آئے اور سدھا سے مل کر کہا'' تم بھی چلو نہ پکچر دیکھنے'' میں نے کہا'' شرد آج کل سدھا کے پاس ہمارے لیے وقت کم ملتا ہے۔ ہے نہ سدھا؟ سدھا شرما

نیلگی ۔سدھا نے معذرت چاہی اور چلی گئی اور شرد اور میں کار میں سوار پکچر دیکھنے چل پڑیں۔ شرد آج موڈ میں تھا، گنگنا رہا تھا پتہ نہیں مجھے اچھا لگ رہا تھا، عجیب قسم کی خوشی محسوس کر رہی تھی مگر کیوں؟ ہم پکچر ہاوس پہنچے، اندر داخل ہوئے ،بس کچھ دیر میں پکچر شروع ہوئی ۔ بے حد زبردست sets تھے جیسے شرد نے ذکر کیا تھا، Acting بھی لاجواب ۔ بڑے بڑے رتھ Chariots دوڑ رہے تھے Background sound بہت زوردار میں ڈرسی گئی۔ گھبراہٹ میں نے شرد کا ہاتھ پکڑ لیا اور غیر شعوری طور پر گرفت مضبوط ہوگی۔شرد نے بڑی نرمی سے میرا ہاتھ اپنے دونوں ہاتھوں میں تھام لیا۔میرے سارے جسم میں کپکپی سی دوڑ گئی۔ میں نے فوراً اپنا ہاتھ چھڑا لیا۔ Interval میں میں نے شرد سے معافی چاہی۔وہ چھ تھا صرف کہا It is alright اس نے میری طرف اس طرح دیکھا گویا کہہ رہا ہو''میرا ہاتھ پکڑ لیا تو کیا برا کیا؟''میں نے نظریں نیچی کرلیں۔

پکچر کے بعد ہم دونوں کھانا کھانے ایک Chinese Restaurant گئے میں بظاہر چپ بیٹھی تھی مگر دل میں عجیب سی ہل چل تھی ۔ میں سوچ رہی تھی کہ مجھے اس طرح شرد کا ہاتھ نہیں پکڑنا چاہیے تھا، وہ دل میں کیا سوچتا ہوگا.... مگر جب اس نے میرا ہاتھ اپنے ہاتھوں میں تھاما تو مجھے ہلکی سی مسرت کیوں محسوس ہوئی ۔نہیں نہیں یہ میرا وہم ہے مجھے ایسا نہیں سوچنا چاہیے۔اپنے خیالات میں ڈوبی شرد کی طرف نظر دوڑائی وہ بھی میری جانب دیکھ رہا تھا اور مسکرا رہا تھا اس کی مسکراہٹ سے میرا دم نکلا جا رہا تھا۔ میں نے نظریں نیچی کرلی۔ میں نے محسوس کیا کہ آج میں اس میٹھی مسکان اور اس کی نظروں کی تاب نہ لاسکتی تھی ۔کیا سوچ رہی ہو، میں نے کھانا Order کیا اور تم چپ بیٹھی کہیں دور چلی گئیں ۔ میں نے بات ٹالنے کی غرض سے کہا'' پکچر بہت اچھی تھی، میں بہت مرعوب ہوئی ہوں ۔اس کے sets اور مکالمے واہ! '' کھانا ختم ہوا اور دونوں کار میں سوار ہوئے ۔ تھوری دور جب چلنے لگے تو شرد نے ایک نہایت لمبا راستہ اختیار کیا۔ میں چپ بیٹھی کار سے باہر دیکھنے لگی ۔سڑک کے کنارے پر بڑے بڑے گل مہر کے درخت چاندنی میں نہانے کھڑے تھے ۔شرد نے دھیرے سے میرا ہاتھ اپنے ہاتھ میں تھام لیا اور میٹھے سروں میں گنگنانے لگا۔اسے موسیقی سے لگاو تھا، کالج میں اکثر گایا کرتا تھا اور اپنے دوستوں میں popular تھا۔ مجھے اسی طرح ہاتھ تھامے گھر پہنچایا اور چلا گیا۔

اتوار کی شام وہ ہم سے ملنے آیا۔ پتا جی اسے دیکھ کر خوش ہوئے اور شرد نے حسب عادت ان کے پیر چھوئے ، بیٹھے باتیں کرتے رہے اور چائے پی ۔ اس نے پتا جی سے کہا'' میں کل کام پر چلا گیا۔ مجھے پہلی مرتبہ اس کا جانا بُرا لگا رہ رہ کر اس کا مسکراتا چہرہ اس کا گنگنانا مجھے بے چین کرنے لگا۔ تنہائی کا احساس جاگ اٹھا۔ کسی بھی کام میں جی نہیں لگ رہا تھا۔ گھنٹوں اسی شام کے تصور میں کھوئی رہتی ۔ پکچر میں رتھوں کا دوڑنا اور شرد کا ہاتھ تھام لینا میرے اندر کپکپی دوڑ جاتی ۔سنیچر کا بے صبری سے انتظار کرتی رہی ۔ بالآخر سنیچر کو جیسے ہی ٹیلی فون کی گھنٹی بجی میں نے لپک کر فون اٹھایا۔ یہ تو لوکل کال نہیں تھا Trunkcall تھا۔شرد Tea Estate سے بول رہا تھا۔اس نے بتایا کہ چائے کے باغات میں کام کرنے والے مزدور نے کچھ گڑ بڑ کر رکھی ہے تو اس کا وہاں رہنا نہایت ضروری تھا۔ میں نے صرف کہا ٹھیک ہے I can understand Sharad میرا دل ڈوب رہا تھا۔شرد نے کہا'' رنجنا مجھے بہت برا لگ رہا ہے، میں تم کو Miss کر رہا ہوں ۔ میں اگلے ہفتے انشاءاللہ ضرور آوں گا اور تمھیں جھیل کنارے لے جاؤں گا۔ میں تمہاری دوری شدت سے محسوس کر رہا ہوں ۔''

بھیا کے جانے کے بعد پتا جی نے کام کا بوجھ سنبھالا تھا ان کی صحت پر اثر ہونے لگا تھا۔ایک دن میں نے پتا جی کے دوست ڈاکٹر وجے کماران سے ملنے آئے ۔ پتا جی سے ہاتھ ملا کر کہنے لگے'' تم بہت تھکے تھکے سے لگ رہے ہو۔ آؤ تمھارا B.P. چیک کر لیتے ہیں ۔اس کے بعد انھوں نے پتا جی سے کہا'' ایک دوست کی حیثیت سے میرا مشورہ ہے کہ تم چند دن کے لیے بٹیا کے ساتھ تبدیل آب وہوا کے لیے چلے جاو اتنا کام

کیوں کرتے ہو؟'' پتاجی نے بات سنی ان سنی میں ٹال دی، لیکن میں فکر مند ہوگئی۔

شرد سنیچر کو آیا، پتاجی کو نمسکار کیا، پھر کہا'' آپ بہت تھکے تھکے سے لگ رہے ہیں کچھ آرام بھی کیا کیجئے۔ رنجنا چاچا جی کو لے کر گھومنے جاتی ہو کبھی؟ چاچا کبھی کبھی آرام بھی کیا کیجئے، آپ کا بیٹا لوٹ کر آئے گا تو میری خبر لے گا کہ میں نے آپ کا خیال نہیں رکھا''۔ باتیں ہوتی رہیں کھانا کھاتے کھاتے شرد نے کہا'' چاچا جی کیوں نہ آپ ایک ہفتے کے لیے ہمارے Tea Estate میں گزارئے، پتاجی بھی خوش ہوں گے آپ کے ساتھ۔'' پتاجی نے شرد سے باتیں کی اور ٹالنے کی کوشش کرنے لگے۔ شرد نے ایک نہ مانی اور مجھ سے کہا'' رنجنا چاچا کا اور تمھارا سامان Pack کر لو میں آپ دونوں کو کل صبح آ کر Pick کروں گا۔ پتاجی نے شرد کی بات مان لی اور کہا'' بیٹا میں تمھاری Jeep میں نہیں آؤں گا، میں تو چھوٹی Mountain Train میں سیر کرتے ہوئے آؤں گا۔ تم چین سے سدھارو رنجنا اور میں کل ہی ٹرین سے چل پڑیں گے'' میں نے شرد سے کہا'' پتاجی میری بات سنتے ہی نہیں، دیکھو نہ ڈاکٹر چاچا نے بھی کل B.P. چیک کر کے کہا بھی تھا کہ چند دن کہیں باہر جاؤ اور کام چند دن کے لیے بند کرو۔ میں شکرگزار ہوں تمھاری اور ڈاکٹر چاچا کی۔ پتاجی مان گئے۔'' دوسرے دن میں جب چھوٹی پہاڑی پر جانے والی ٹرین میں پتاجی کے ساتھ شرد کے Tea Estate کے لیے روانہ ہوگئے۔ دھیرے دھیرے ٹرین چلنے لگی اور اوپر گھاٹیوں سے گزرنے لگی۔ جدھر نگاہ جاتی سبزہ نظر آرہا تھا، کویل کی کوک سے موسیقی پھیل رہی تھی آگے دیکھا بڑے بڑے پیڑ جن سے سورج کی رنیں چھن چھن کر عجیب سما بنا رہی تھی۔ جوں جوں ہم شہر سے دور ہوتے گئے، موسم کی تبدیلی کا احساس ہونے لگا، ہوا میں خنکی بڑھنے لگی۔ میں نے پتاجی کو ان کا سوئٹر پہنایا اور خود اپنے اوپر شال ڈال لی۔ اسی طرح دو گھنٹے گزر گئے اور ٹرین Tea Estate والے گانوں پر رکی۔ شرد اسٹیشن پر ہمارے استقبال کے لیے موجود تھا۔ ہمارے Suitcases اپنی Jeep میں لگوا کر ہمیں اپنے Estate لے آیا۔ شرد کے والد ہمارا انتظار کر رہے تھے، پتاجی سے بغل گیر ہو کر کہا'' میں نے آپ کو کئی بار آنے کہا تھا۔ کبھی تو ہمیں بھی آپ کی خاطر کرنے کا موقع دیجئے۔'' میں نے ان کو نمسکار کیا۔ مجھے آشیرواد دیا اور کہا'' بیٹا تم کو ملے ہوئے ایک عرصہ ہوگیا ہے، کیسی ہو تم، میں نے کہا بھگوان کی دیا اور آپ کے اشرواد سے ٹھیک ہوں'' تمھاری Painting کا شوق ہماری ہے یا نہیں اپنا سامان لائی ہو نہ یہاں تو تمھیں کافی Paint کرنے کو ملے گا۔ Enjoy Yourself ہم اندر گئے دونوں اپنے اپنے کمروں میں Fresh ہو کر باہر آئے، کھانا تیار تھا، سب نے مل کر Lunch کیا۔ شرد کام پر چلا گیا اس کے والد اور پتاجی کچھ دیر باتیں کرتے رہے، پتاجی اور میں اپنے کمروں میں آرام کرنے چلے گئے۔

دوسرے دن صبح ہم سب نے ناشتہ کیا، شرد کام پر چلا گیا پتاجی اور رمیش انکل Ramesh Uncle تاش کھیلنے لگے۔ بس اسی طرح وہ دونوں کبھی Billiards کھیلتے یا تاش۔ شام کو چائے کے بعد دونوں Walk کرنے چلے جاتے۔ میرا تو خوب وقت گزرتا ایک ملازمہ میرے ساتھ میرا ساماں یعنی Paints ایزل لے لیتی میں Paints اور برش جہاں اچھا لگتا میں بیٹھ کر Landscape پینٹ کرتی۔ مجھے بہت اچھا لگ رہا تھا کہ پتاجی اور رمیش انکل دونوں ساتھ ساتھ وقت گزار رہے تھے دونوں خوش نظر آرہے تھے۔

شام کو شرد کام سے لوٹ کر مجھے گھمانے لے جاتا، کبھی دوسرے Estates دکھاتا یا پاس والی پہاڑی سے غروب آفتاب کا منظر دیکھتے۔ اکثر Sunset سے پہلے پہنچتے کام والوں کی ٹولیاں ہمارے آگے سے گزرتی۔ بیچارے دن بھر کام کے بعد تیز تیز قدم بڑھاتے اپنے گھروں کی طرف جانے لگتے۔ آسمان کا رنگ بدلتے لگتا، سورج آگ کے گولے جیسا پہاڑیوں کے پیچھے دھیرے دھیرے چھپ جاتا۔ نیچے وادی میں ایک

ایک کر کے چراغ روشن ہونے لگتے ،آسمان سیاہ مائل ہونے لگتا اور وادی میں ایسے لگتا جیسے کسی نے ستارے بکھیر دیتے ہوں! پھر ہم دونوں ،شرد اور میں ایک دوسرے کا ہاتھ تھامے گھر لوٹ جاتے۔

ایک شام ہم دونوں غروب آفتاب سے لطف آندوز ہو رہے تھے۔راستے میں ایک فرد اپنے ہاتھ میں ایک خوب صورت پھول لیے جا رہا تھا۔ میں نے آواز لگائی اور اسے اشارے سے بلایا۔وہ رُک گیا اور میں اس کے ہاتھ والے پھول دیکھنے لگی۔اس نے وہ پھول میری طرف بڑھایا۔میں نے شرد سے کہا'' دیکھو کیسے خوبصورت پھول۔میں نے وہ پھول اس کو لوٹا دیئے ،وہ پھول لے کر چند قدم آگے گیا پھر لوٹ آیا۔پھول مجھے دینے لگا اور کہا'' میم صاحب'' میں نے قدرے تعمل سے پھول لے لیے۔شرد نے کہا'' دیکھو رنجنا ان لوگوں کا دل کتنا بڑا ہوتا ہے۔ہمارے پاس اگر کوئی اچھی چیز ہو تو ہم اسے چھپا لیتے ہیں یا اگر کوئی مانگے تو انکار کر دیتے ہیں۔اس فرد کو دیکھو اس نے تمھیں پھول دے دیئے۔کیوں کہ اس نے بھانپ لیا کہ پھول تمھیں بے حد پسند آئے۔شاید وہ انھیں اپنی بیوی یا منگیتر کے لیے لے جا رہا'' پھر شرد نے مسکرا کر شرارتاً کہا کیا کرتا بے چارہ!اگر میں اس کی جگہ ہوتا تو میں بھی یہی کرتا میں شرما کر پلٹ گئی۔

دوسرے دن ناشتے کے بعد شرد میری بنائی ہوئی پینٹنگ دیکھنے لگا۔اس نے کہا'' آؤ رنجنا تمھیں ایک خوبصورت منظر دکھاؤں ،تم اسے پینٹ کرو میں پینٹس لے کر اس کے ساتھ چل پڑی۔وہ مجھے اپنے کمرے میں لے گیا ،کھڑکی سے پردہ ہٹایا اور میں نے بے ساختہ کہا! Oh my God سامنے ایک بڑا درخت نظر آیا۔پھر شرد نے دروازہ کھولا جو Balcony پر کھلتا تھا ،بالکونی سے ساری وادی نظر آنے لگی۔میں اس دلفریب منظر کو دیکھنے میں محو ہو گئی۔شرد جو میرے پاس کھڑا تھا گہری سانس لی اور کہا'' ہاں رنجنا میں بھی اس پیڑ کو اور وادی کو روز دیکھتا ہوں اور اسے دیکھنے سے جی نہیں بھرتا ،اسے دیکھنے کی خواہش بڑھتی ہی جاتی ہے It grows on you روز دیکھتا ہوں اور تمھیں دکھانا چاہتا ہوں اچھا اب میں چلو،تم جب تک چاہو بیٹھی رہو ،پینٹ کرو ہاں ایک اور بات ،چاندنی رات میں یہ منظر دیکھنا ہو تو Please feel free and do so کہہ کر شرد اپنے کام پر چلا گیا اور میں کافی دیر تک وہی بیٹھی رہی۔اٹھ کر پینٹس وغیرہ نکالے اور پینٹ کرنا شروع کیا۔شام کو شرد لوٹا تو مجھے اپنے کمرے میں بٹھایا تو کہنے لگا'' ارے واہ تم اب تک نہیں بیٹھی ہو ،کھانا بھی کھایا یا نہیں'' میں نے کہا'' ہاں کھایا پھر پینٹ کرنا شروع کیا ،وقت کے گزرنے کا پتہ نہیں چلا۔ !Oh شرد یہ پیڑ اور یہ منظر۔بس جی چاہا کہ دیکھتی رہوں اور پینٹ کروں۔رات کو کھانے کے بعد میں شرد کے ساتھ اس کے کمرے سے اس پیڑ کو چاندنی میں دیکھنے کے لیے اس کے کمرے میں چلی گئی اُف کیا دل آویز منظر تھا۔ایسا لگ رہا تھا جیسے یہ پیڑ ساری وادی کی رکھوالی کر رہا ہو اپنی باہیں پھیلائے۔اس خوب صورت منظر سے میں بہت متاثر ہوئی اس پرسکون جگہ میں تنہا انسان خیالات کی رو میں بہہ کر اس مصور کی کاریگری میں اس کا جلوہ پاتا ہے۔یہ دلکش منظر اسے اپنے پیدا کرنے والے کے قریب لے جاتا ہے۔جیسے ہی شرد کام پر چلا جاتا میں اس کے کمرے میں چلی جاتی اور بالکونی میں بیٹھ کر پینٹ کرتی۔

میری پینٹنگ مکمل ہونے کے بعد میں نے شرد کو دکھائی تو شرد نے کہا'' رنجنا تمھاری اس پینٹنگ میں جدت ہے، ایک نیا پن ہے "There is life in this painting" میں نے شکریہ کہا۔شرد نے میری تصویر پتا جی اور رمیش چاچا کو دکھائی ،دونوں نے تعریف کی ،پتا جی کو پسند آئی۔مجھے اچھا لگا۔ابھی ہم لوگ ناشتہ کر رہے تھے دیکھی کیا ہو کہ Ms. Sachdeva جو کہ Asst. Manager کی بیوی ہیں گلال لے کر پہنچ گئیں اور آ کر مجھے گلال لگا اور میں نے ان کی تھالی سے گلال لے کر انھیں لگایا۔پھر ہم دونوں نے دونوں بزرگوں کو گلال سے ٹیکا لگایا اور نمسکار

کیا۔ شرد کھڑا دیکھتا رہا۔ پھر ہم تینوں نیچے گئے جہاں Estate کے مزدور بڑی خوشی سے کھڑے تھے۔ ہم نے ان پر گلال اُچھالا۔ جگہ گلابی ہونے لگی۔ مزدور لڑکیوں نے ہولی کے گیت گانا شروع کیے، مرد بھی ساتھ گانے لگے اور گھومتے گھومتے ہم کو گھیر لیا۔ شرد نے اپنی جیب سے کچھ نکال کر انھیں دیا اور ہم کو گھیرے سے باہر جانے دیا۔ شرد اور میں ہم دونوں اوپر پہنچے جہاں پتا جی اور چاچا بیٹھے تھے، ہم کو دیکھ کر کھل کھلا کر ہنسنے لگے ہم دونوں دوڑ کر اپنے اپنے کمروں کی طرف بھاگے۔ لنچ سے پہلے نہا دھوکر جو آتا تھا۔ سب نے ساتھ میں کھانا کھایا اور اپنے کمروں میں آرام کرنے چلے گئے۔

شام کو شرد نے میرے کمرے پر آکر دستک دی اور کہا ''رنجنا جلدی چلو چاند نکلنے والا ہے، آج پورن ماشی ہے'' میں شرد کے ساتھ اس کے کمرے میں گئی اور ہم دونوں بالکونی میں کھڑے ہوکر چاند طلوع ہوتا ہوا دیکھنے لگے۔ دھیرے دھیرے چاند اُبھرنے لگا، دونوں نظارہ دیکھنے میں محو ہو گئے۔ شرد آہستہ سے آگے بڑھا اور اس نے میرے ہاتھوں میں ایک چھوٹا سا ڈبہ تھما دیا اور کہا ''رنجنا لو ہولی کی بھینٹ..... رنجنا جس طرح یہ پیڑ اپنی بانہیں پھیلائے آسمان کی طرف دیکھ رہا ہے جیسے اسے سمیٹ لینا چاہتا ہے، اسی طرح میں بھی تمھیں اپنی باہوں میں سمیٹ لینا چاہتا ہوں، ہمیشہ ہمیشہ کے لیے، میں تمھیں جنم جنم کے لیے اپنا بنانا چاہتا ہوں۔ بولو رنجنا کیا تم مجھے قبول کروگی؟ رنجنا میں تمھیں اپنی باہوں میں لے کر اپنی ساری دنیا..... اپنی ساری زندگی..... '' رنجنا نظریں نیچی کیے اندر کمرے میں داخل ہوئی اسے کچھ سمجھ نہیں آرہا تھا، دل دھڑک رہا تھا..... رد اس کے پیچھے چلا آیا، وہ گھبرا گیا اور کہا ''رنجنا تمھیں برا تو نہیں لگا۔ Please کچھ تو بولو... '' رنجنا نے گلدان سے پھول نکالا اور شرد کے ہاتھ میں دے کر سر پر آنچل لے لیا اور کہا..... ''شرد میں نے آپ کو اپنی زندگی بھینٹ کر دی ہاں! یہ میری ہولی کی بھینٹ!''

000

رنگوں کے رنگ

لکشمی دیوی راج

گیتیکا نے کالج کی تعلیم مکمل کر لی اور وہ اپنا ذوق آگے بڑھانا چاہتی تھی۔ اسے کپڑوں کی بُنت اور رنگوں سے لگاؤ تھا۔ وہ ٹکسٹائل ڈیزائننگ (Textile Designing) کا کورس کرنا چاہتی تھی۔ مگر یہ ممکن نہیں تھا۔ وہ ایک اوسط گھرانے کی لڑکی تھی۔ اسے علم تھا کہ اس کے والد اسے اور آگے پڑھانے کے اخراجات برداشت نہیں کر سکتے تھے۔ ابھی مشکل سے بی۔اے کیا اور دو سال کی پڑھائی کا خرچہ! وہ تو سوچ بھی نہیں کہہ سکتی تھی۔

گیتیکا کی والدہ بڑے گھر کی بیٹی تھی، جہیز کے علاوہ اچھی ساڑیوں کا انبار تھا۔ اچھی اچھی ہینڈلوم ساڑیاں زیب تن کیا کرتی تھیں۔ جب بھی گیتیکا کو اپنی ماں کی کوئی ساڑی اچھی لگتی وہ ان سے پوچھتی۔ اماں یہ ساڑی کتنی سندر ہے کہاں کی بنی ہوئی ہے؟ ماں فوراً کہہ دیتی ''بیٹا یہ فلاں جگہ کی بنی ساڑی ہے، اسی لیے اسی نام سے کہتے ہیں۔ مثلاً یہ پوچم پلی کی ہے وینکٹ گری کی، یہ مہیشور کی ہے''۔ غرض گیتیکا ساڑیوں کے نام سے مانوس ہونے لگی۔ مثلاً چندیری، کوٹہ ما، کویم بتور، کانچی پورم، وغیرہ وغیرہ۔ دھیرے دھیرے اس کو سب نام یاد ہو گئے اور پہچان ہونے لگی۔ بُنت اور رنگ آمیزی کی شناخت ہونے لگی۔

ایک دن گیتیکا کی والدہ کملا دیوی نے اپنی بیٹی سے کہا ''گیتو تم کو میری ہرے رنگ کی مہیشوری ساڑی پسند ہے نہ آج شام کو پہن لینا، کچھ مہمان آنے والے ہیں، اگر تمھارے پاس اس رنگ کا بلوز نہیں ہو تو کوئی بات نہیں، زرد یا لال رنگ کا بلوز پہن لو Contrast اچھا لگے گا۔ گیتیکا بہت خوش، شام کو ماں کی دی ہوئی ساڑی پہن لی ماں نے کان میں پہننے کے لیے کرن پھول اور گلے میں دولڑ کی موتی کی مالا دی۔ خوشی خوشی گیتیکا نے پہن لیا۔ کبھی اس نے بھاری ساڑی اور زیور نہیں پہنے تھے، خوشی سے پھولے نہیں سما رہی تھی۔ وہ کپڑے اور زیور اس پر خوب بج رہے تھے۔ گیتیکا حسین تو نہیں جامہ زیب لگ رہی تھی۔

شام کو مہمان آنے ان کے ساتھ ان کی بیٹی اور بیٹا بھی آئے، سب نے مل کر چائے پی۔ گیتیکا اس لڑکی کے ساتھ بیٹھ سکی، اس لڑکی نے اپنا نام وندنا (Vandana) بتایا دونوں تقریباً ہم عمر تھے خوب باتیں ہو رہی تھی۔ کچھ ہی دیر میں وندنا کا بھائی کنال (Kunal) بھی ان دونوں کے پاس آ کر کھڑا ہو گیا اور کہا ''کیا میں بھی آپ دونوں کے ساتھ بیٹھ سکتا ہوں؟ بڑے بزرگ آپس میں بات کر رہے ہیں اور میں؟'' دونوں لڑکیوں کے ہونٹوں پر مسکراہٹ پھیل گئی۔ وندنا نے کہا ''بھیا آیئے نہ کس نے منع کیا ہے۔ تینوں باتوں میں مشغول ہو گئے۔ کملا جی نے دیکھا تینوں بات چیت کر رہے ہیں، گھل مل گئے ہیں۔ انھوں نے سوچا اچھا ہوا بچوں میں دوستی ہونے لگی۔ تھوڑی دیر بعد مہمان چلے گئے۔

کملا جی نے بیٹی سے پوچھا ''وہ بچے تمھیں کیسے لگے؟'' گیتیکا نے کہا ''اماں وندنا اچھی لگی، ہم پھر ملنے والے ہیں، اس کے بھائی کا کیا نام تھا، ہاں کنال ہم دونوں سے بڑے ہیں، وہ بھی کافی ملنسار لگے۔'' کملا جی اور ان کے شوہر دونوں کو ان باتوں کو سن کر بہت خوشی ہوئی۔ وہ سوچتے گئے کہ اگر یہ تینوں یوں ہی ملتے رہے تو بات آگے بڑھائیں گے۔ وندنا کو پتہ تھا کہ وہ سب کس لیے بلائے گئے تھے لیکن گیتیکا کو کچھ پتہ نہیں تھا۔ دو دن بعد وندنا نے گیتیکا کو چائے پر مدعو کیا۔ گیتیکا نے کہا کہ وہ اپنی ماں سے پوچھ کر بتائے گی۔ اس نے اپنی ماں سے اجازت لے کر

وندنا کے ساتھ کلب(Club) گئی۔ دونوں بیٹھے باتیں کر رہے تھے۔ کچھ دیر میں کنال پہنچ گیا۔ تینوں کی ملاقاتوں کا سلسلہ بڑھتا گیا۔ کبھی کلب جاتے کبھی سنیما دیکھنے چلے جاتے، کبھی پکنک(Picnic) ایک دن کنال نے اپنے والدہ کو بتایا کہ اسے گیتیکا اچھی لگی۔ وہ خوش ہوکر اپنے شوہر سے کہا کہ بات کی جائے دونوں خاندان والے خوش ہوگئے۔ بات بن گئی اور رشتہ طے ہوگیا۔

دونوں خاندان والوں نے پنڈت بلائے اور مہورت نکالا۔ چند دن بعد اچھا مہورت تھا، شادی طے ہوگئی۔ دونوں خاندان والے خوش، سیدھی سادی شادی کی رسم ادا کی کوئی دھوم دھام نہ کوئی تماشہ نہ کوئی جہیز کی مانگ، شادی کے رسومات مکمل ہونے کے بعد کنال اپنی دلہن کو لے کر ان کے فارم ہاؤس(Farm House) چلا گیا۔ دوسرے دن اپنی دلہن کو لے کر اپنے گھر لوٹا جہاں دونوں کا پُر جوش سواگت کیا گیا۔

شادی سے پیشتر ہی کنال کو گیتیکا کے ٹیکسٹائیل سے لگاؤ کا پتہ چل چکا تھا اسے یہ بھی معلوم تھا کہ گیتیکا آگے تعلیم حاصل نہ کر سکی۔ کنال نے گیتیکا کو ٹکسٹائیل ڈیزائننگ(Textile Designing) کا کورس شروع کروایا۔ گیتیکا نے کنال کو بتایا کہ اسے صرف کتابیں پڑھ کر کورس نہیں کرنا چاہتی تھی۔ بلکہ وہ Practical کام بھی کرنا چاہتی تھی۔ جیسے بینکروں سے ملنا ان کے کام کے بارے میں معلومات حاصل کرنا چاہتی تھی پھر آگے ان بینکروں سے اپنے ڈیزائن کیے ہوئے ساڑیاں بنوانا چاہتی تھی۔ کنال گیتیکا کے اس شوق سے خوش ہوا اس کی ہمت افزائی کرنے لگا۔ اکثر اپنے چھٹی والے دن وہ گیتیکا کو اپنے ساتھ لے کر قریب کے کئی گاؤں لے جاتا جہاں گیتیکا بینکروں سے ملتی اور ان سے اپنے ڈیزائن کے بارے میں بات کرتی۔ اب بینکروں نے بھی اپنی دلچسپی ظاہر کی۔ گیتیکا اپنے ڈیزائن کے ہوئے ساڑیاں بنوانے لگی۔ وندنا کو اور اپنی سہیلیوں کو دکھانے لگی۔ ساڑیاں ہاتھوں ہاتھ بکنے لگیں۔ بینکروں کا خوب فائدہ ہونے لگا، وہ بھی خوش ہونے لگے ان کو اپنے منہ مانگے دام جو مل رہے تھے۔

گیتیکا نے دو سال کا کورس نہیں کیا بلکہ ایک سال بعد چھوڑ دیا وہ اب اپنے کام میں مصروف ہوگئی۔ اسی گھریلو ذمہ داریوں کو نظر انداز نہیں کیا۔ سسرال والے بھی خوش تھے۔ وہ اب بینکروں کو گھر بلاتی ان کے آنے جانے کے اخراجات برداشت کرتی نا ان کی دیکھ بھال کرتی۔ تفصیل سے ڈیزائن کے بارے میں بات چیت ہوتی، کس Yarn کو استعمال کیا جائے کون سے رنگ استعمال ہو گئے، رنگوں کی آمیزش اور ڈیزائن گیتیکا کرتی۔ اس طرح کام چلتا رہا اور گیتیکا مشہور ہونے لگی۔ ساس، نند، سسر سب خوش ہونے لگے۔ خاندان کی ہمت افزائی سے گیتیکا نے خوب ترقی کی کنال اپنی بیوی کی خواہش پورا کر کے خوش تھا۔ گیتیکا بہت خوش تھی کہ اس نے بینکروں کی مدد کی اور اپنے دوستوں کو ساڑیوں کے بارے میں بہت کچھ سکھایا۔ اس طرح ہینڈلوم کی ساڑیاں عام ہونے لگیں، ہینڈلوم کی خدمت بھی خوب ہوتی رہی۔ کیا سسرال والے کیا مائیکے والے، دونوں خوش! گیتیکا نے دیانت داری سے کام کیا، بینکروں کی مدد سے خوش بینکروں کو ہمت دلائی۔ بینکر اس کا احترام کرتے عزت کمائی پیار پایا۔ نام کمایا۔

حقیقی خراجِ عقیدت

امتیاز غدر

’کجری کا کی اُڑ گئی‘ یہ بات کانڈرا گاؤں اور دھنوا جنگل میں ایک ساتھ جنگل کی آگ کی طرح پھیل گئی۔گاؤں کے بچے، بوڑھے ،جوان یعنی جو بھی افراد جس حالت میں تھا،اُسی حالت میں نالے کے پُل کی جانب دوڑ پڑا۔کچھ بن واسی، ہاں گاؤں کے لوگ انھیں بن واسی ہی پکارتے تھے۔وہ ان ہی کے درمیان کے لوگ تھے۔جو یدا کدا گاؤں میں اپنی جھلک دکھا دیتے۔شاید باقی گاؤں والوں کو یہ احساس دلانے کے لیے کہ ابھی ہم زندہ ہیں۔اور ہم نے گاؤں چھوڑا نہیں ہے۔وہ بھی اس کان فاڑ آواز کو سن کر نالے کی پل کی جانب دوڑ پڑے لیکن سنبھل کر پہلے ہی سے آدھا ٹوٹا ہوا پل اب پوری طرح ٹوٹ کر نالے کے دونوں کنارے پر جھول چکا تھا،نالے میں جھول چکے پل کے دونوں سروں پر۔کچھ سوکھے نالے میں۔کچھ ابھرے پتھروں پر کجری کا کی اور للکی کئی ٹکڑوں میں بکھری پڑی تھیں۔

گاؤں کے لوگ اس وقت بھی دوڑے تھے جب پل کا آدھا حصہ اسی طرح کان پھاڑ و آواز کے ساتھ ٹوٹا تھا۔لیکن ٹوٹ کر دو حصوں میں جھولا نہیں تھا۔بس،اس پر سے گذر رہی جیپ آٹھ پولیس والوں کے ہمراہ نیچے نالے کے پتھروں پر گر کر کھلونے کے مانند ٹوٹ کر بکھر گئی تھی ۔اس پر سوار ایک بھی افراد ثابت نہیں بچا تھا۔

ایک نئے ابھرتے دستے نے پچھلے کئی مہینوں سے قانون کی ناک میں دم کر رکھا تھا۔اغوا، پھروتی ،رنگ داری، لیبی وغیرہ کی بے تحاشا اضافے نے ہلچل مچا رکھا تھا۔پچھلے چھ مہینے میں ضلع میں تین تین پولیس کپتان بدلے تھے پھر بھی حالت معمول پر نہیں آ پا رہی تھی۔اسی ضمن میں پولیس اور دستے کے درمیان کئی بار مڈ بھیڑ ہو چکی تھی۔جس میں دستے کے کئی لوگوں کے ساتھ ساتھ کئی پولیس والے بھی جاں بحق ہوئے تھے۔ دونوں جانب سے زور آزمائش جاری تھی۔ایک طرح سے نئے ابھرتے دستے نے پولیس والوں کو کھلا چیلنج کر رکھا تھا۔علاقے کے عوام دو پاٹوں کے درمیان پیسی جا رہی تھی،کبھی پولیس انہیں مہرہ بنا رہی تھی تو کبھی دستے والے انکار کی حالت میں دونوں جانب سے سزا مقرر رتھی۔ایک جانب گھٹ گھٹ مرنے کی سزا تو دوسری جانب اس دار فانی سے کوچ کرنے کی سزا تھی۔

ایک دفعہ ضلع میں ایک جانباز جوان پولیس کپتان کی تقرری ہوئی۔جوش سے بھرے پولیس کپتان نے اپنی مخبروں کے اوپر مخبر لگاتے ہوئے پولیس پبلک فارمولے کو اپناتے ہوئے علاقے میں اپنی دھاک جمانی شروع کر دی۔کئی مڈ بھیڑ میں دستے کے لوگوں کو پیچھے بھاگنا پڑا۔اس سے جوان پولیس کے کپتان کی جوش میں اضافہ ہی ہوتا چلا گیا۔ایک بار انہیں اپنے ایک خاص مخبر سے پتہ چلا کہ دستے کے لوگوں کی ہلچل کانڈرا گاؤں کے نزدیک دھنواں جنگل میں دیکھی گئی ہے۔شاید وہ کسی بڑی واردات کو انجام دینے کا پلان بنا رہے ہیں۔بس،کیا تھا جوشیلے پولیس کپتا ننے اسے پولیس کے لیے ایک اچھا موقعہ سمجھا اور علی الصباح اپنے دل بل کے ہمراہ دھنواں جنگل کی جانب نکل پڑا۔ان کے پیچھے پیچھے ضلع کے کئی تھانوں کی پولیس تھی۔تعداد میں وہ اچھے خاصے تھے۔جنگل کے اہم آمد و رفت کے راستوں کو چھوڑ کر دیگر چھوٹے دیہی راستوں سے جنگل میں داخل ہونے کا پلان تھا۔اسی سلسلے میں پولیس کانڈرا گاؤں کے راستے جنگل میں داخل ہو رہی تھی لیکن دستے کے مخبر شاید اس بار پولسیا مخبر پر بھاری پڑے تھے۔ان کی جیپ جیسے ہی نالے کے پل کے اوپر سے گذرنے کو ہوئی تھی کہ ایک زوردار دھماکے کے ساتھ جیپ کے پرخچے اڑ گئے

تھے۔ پھر ان کے پیچھے چل رہی باقی پولیس والوں کی ہمت نہیں ہوئی تھی کہ وہ آگے بڑھ کر جنگل میں دستے کے خلاف کوئی بڑا کارہائے انجام دے سکیں۔ گاؤں والوں کی مدد سے پولیس کپتان اور دیگر پولیس والوں کے بکھرے اعضا کو بڑی مشکل سے ایک ساتھ جوڑنے کی ناکام کوشش کی گئی تھی۔

اس دل دہلا دینے والے حادثے کے بعد کئی مہینوں تک پولیس کی ہلچل گاؤں میں رہی تھی۔ پھر آہستہ آہستہ جیسا کہ ہوتا ہے کسی دیگر جگہ پر کوئی اور نیا حادثہ پیش آجانے کے بعد پرانے حادثے کو لوگ بھول جاتے ہیں۔ اس حادثہ کو بھی شاید پولیس محکمے نے بھلا دیا تھا۔ لیکن کانڈرا گاؤں کے لوگوں کی زندگی ابھی بھی معمول پر نہیں آئی تھی۔ لوگوں نے دھنواں جنگل جانا چھوڑ دیا تھا۔ ان کی ساری کارگزاریاں جنگل اور گاؤں کو بانٹنے والے برساتی نالے کی اس جانب محدود ہو کر رہ گئی تھی۔ اگر کوئی جانور گاہ بگاہ بھول کر بھی نالے کو پار کر کے جنگل میں چلا جاتا تھا تو اسے گاؤں والے تقدیر کے بھروسے چھوڑ دیتے تھے۔ واپس لوٹ کر آیا تو ٹھیک نہ آیا تو بھی ٹھیک۔

لیکن کجری کاکی اپنی للکی گائے کے جنگل کی جانب چلے جانے پر شاید صبر نہ کر سکی۔ صبح اس نے اپنی بڑی پوتی مینوا کے حوالے اپنی تینوں گایوں کو کرتے ہوئے تاکید کی تھی۔

''کھیل میں مدہوش مت ہو جانا۔ گائیوں پر ٹک ٹکی لگائے رکھنا اور دھیان رہے نالے کے اس پار کوئی نہ اتر جائے''

لیکن مینوا دوپہر ہونے سے قبل دو گائیوں کو لے کر روتے ہوئے گھر لوٹی تھی۔

''للکی بلٹ گئی'' تب سے کجری کاکی کھیت در کھیت۔ کھلیان۔ ٹنگری۔ میدان باری ہر جگہ اپنی للکی گائے کی تلاش میں بھٹک رہی تھی۔

راستے میں جو بھی شناسا مل جاتا اس سے وہ اپنی گائے کے بارے ضرور دریافت کرتی۔ ''میری للکی کو دیکھا ہے''

اسی طرح بھوکے پیاسے رہ کر اسے ڈھونڈتے۔ ڈھونڈتے دوپہر ڈھل چکی تھی۔ آفتاب ڈھلان پر تھا۔ وہ نالے کے کنارے پل کے نزدیک کھڑی ہو کر دور اپنی نگاہیں ٹکائے ہوئے تھی شاید کہیں نظر آجائے۔ اسی وقت گاؤں کا ایک شناسا سے اس کی ملاقات ہو گئی اس نے اس شخص سے بھی اپنی للکی گائے کے متعلق پوچھا تو اس نے بتایا'' ہاں دوپہر کے وقت میں نے اسے پل سے اس پار جنگل کی جانب جاتے ہوئے دیکھا ہے۔ پر تم اس جانب مت جانا'' اور یہ کہتا ہوا وہ شخص وہاں سے چلا گیا تھا۔ کجری کاکی بہت دیر تک پل کے نزدیک پس و پیش کی حالت میں کھڑی رہی۔ للکی گائے دیگر دو گائیوں میں سے زیادہ دودھار و تھی اس کا یوں بچھڑ جانا اس کے خاندان کے لیے کافی مالی خسارے کی وجہ بن سکتی تھی۔

ٹوٹے ہوئے پل کے اس پار سکھوا درختوں کا وسیع جنگل اپنی بانہیں پسارے خاموش پھیلا ہوا تھا۔ اس پار سے مختلف اقسام کے پرندوں کی چہچہاہٹ کی آوازیں آرہی تھیں۔ ادھر سے آتی ہواؤں میں مہوا پھولوں کی نشیلی خوشبو تھی لیکن کجریا کی کو یہ بھی معلوم تھا کہ ان مہوا پھولوں کے ہمراہ کبھی کبھی بارود کی بھی بو آجایا کرتی ہے لیکن اسے ابھی اس کی فکر زیادہ نہ تھی۔ اس کے دل و دماغ میں تو صرف اور صرف للکی سمائی ہوئی تھی۔

.....اور دیکھتے دیکھتے کچھ لمحوں بعد کجری کاکی نالے کے اس پار جنگل کی جانب تھی۔ ایسا نہیں تھا کہ اس جنگل میں وہ پہلی بار آئی تھی۔ بلکہ سیکڑوں بار وہ گاؤں کی دوسری عورتوں کے ہمراہ پتے توڑنے، سوکھی لکڑیاں کاٹنے اور مہوا چننے آچکی تھی لیکن سابقہ حادثہ کے بعد شاید ہی کوئی

گاؤں والا ادھر بھٹکا تھا۔ کسی کی ہمت بھی نہیں تھی ۔ نام نہاد بن واسیوں نے بھی انہیں ادھر جھانکنے سے منع کر رکھا تھا۔ لیکن کجری کا کی اپنی للکی کیلئے کچھ بھی ہو جائے، جیسے پختہ ارادے کے ساتھ جنگل میں گھسی تھی۔

انسان کا ارداہ اگر پختہ ہو اور صحیح راہ متعین کر کے محنت کی جائے تو کامیابی قدم چومتی ہے ۔آخر کجری کا کی کو اس کے عزم مصمم اور جدو جہد کا نتیجہ مل گیا تھا۔ اسے جنگل میں بہت اندر داخل ہونے کی ضرورت نہیں پڑی تھی بلکہ تھوڑی دور چلنے کے بعد ہی ایک مہوا پیڑ کے نیچے پگراتی ہوئی للکی مل گئی تھی ۔ مالکن کو دیکھتے ہی وہ رمبھاتے ہوئے اٹھ کھڑی ہوئی تھی ۔ایسا معلوم ہوتا تھا کہ مانو کے وہ گھر لوٹنے کا راستہ بھول چکی ہو اور کسی اپنے کے انتظار میں رستہ تک رہی ہو۔

کجری کا کی نے اس کے سر اور گردن سہلاتے ہوئے ڈھیر ساری گالیاں دی تھیں پھر اس کے لیے ہرے ہرے کچھ پتے توڑنے کے بعد دونوں اسی پل کے راستے سے گاؤں کی طرف چل پڑیں۔

پل پر سابقہ حادثے کے وقت بنواسیوں یعنی نئے دستے کے ذریعے بچھائے گئے سارے لینڈ مائنس نہیں پھٹے تھے، بلکہ کچھ چھوٹ گئے تھے اور زندہ بھی رہ گئے تھے۔ اس کی سدھ نہ دستے والوں نے لی تھی اور نہ ہی پولیس محکمے نے۔ دستے والے تو اس کامیابی کے بعد اپنی طاقت میں اور اضافہ کرنے میں مصروف ہو گئے تھے۔ لیکن انکی لینڈ مائنس کی اس منصوبے نے آج دو معصوموں کی جان لے لی تھی۔

ٹوٹے ہوئے پل کے ایک طرف کچھ نقاب پوش تو، کچھ کھلے منھ والے بنواسی کھڑے تھے۔ ان میں شاید کچھ کی آنکھیں نم تھیں۔ جنھیں کجری کا کی نے شاید کبھی گود میں لے کر بوسہ دی تھی۔ دوسری جانب بھولے بھالے گاؤں والے تھے۔ جن کی درد میں ڈوبی ہوئی نگاہیں شاید یہی گزارش کر رہی تھی کہ اب بس بہت ہو چکا۔ نالا پار سے گھر ہمیشہ کے لئے لوٹ آؤ۔ کجری کا کی کے تئیں یہی تمہاری حقیقی خراج عقیدت ہوگی۔

OOO

رشوت

احمد ریاض

یوں تو خانقاہ سروریہ میں حضرت عبدالماجد سروریؒ کا سالانہ عرس دور ونزدیک کے ہزاروں عقیدت مندوں کی آمد سے تہوار کا سماں پیش کرتا تھا۔مگر اس سال کے عرس کی خاص بات یہ تھی کہ ریاست کے نئے وزیر اعلیٰ شری جتیندر کمار سریواستو خانقاہ سروریہ کے موجودہ گدّی نشین شاہ عبدالواحد سروری کی دعوت پر مزار شریف کی چادر پوشی کے لئے بہ نفس نفیس تشریف لانے والے تھے۔اس موقع پر مزار شریف اور خانقاہ کی عمارات کو دلکش انداز میں سجایا گیا تھا اور ان کے استقبال کے لئے شہر کے کچھ خاص معززین کو بھی مدعو کرلیا گیا تھا۔وزیر اعلیٰ محترم مقررہ وقت سے دو گھنٹے لیٹ سیکوریٹی اسٹاف کے قافلے اور اعلیٰ افسران کی معیت میں تشریف لائے،جن کا شاہ صاحب اور معززینِ شہر نے شایانِ شان استقبال کیا۔مزار پر چادر پوشی اور دعائیہ تقریب کے بعد ان کی پر تکلف چائے ناشتے سے تواضع کی گئی۔وزیر اعلیٰ کی خانقاہِ سروریہ میں موجودگی شاہ صاحب کے لئے قابلِ فخر بات تھی،جس کا اظہار ان کے وزیر اعلیٰ کے تئیں عاجزانہ رویے سے ہو رہا تھا۔وہ گویا ان کے آگے بچھے جا رہے تھے۔کوئی ایک گھنٹہ خانقاہ میں قیام کے بعد وزیر اعلیٰ کا قافلہ رخصت ہوا۔

خانقاہ سروریہ کے گدّی نشین شاہ عبدالواحد سروری محض ایک مذہبی پیشوا ہی نہیں تھے بلکہ ان کا ریاست کے ملّی و سیاسی معاملات میں کچھ نہ کچھ دخل بھی تھا۔یہ بات کوئی ڈھکی چھپی نہیں تھی کہ گزشتہ الیکشن میں انہوں نے جتیندر کمار سریواستو کی پارٹی کی پرزور حمایت کی تھی۔خوش قسمتی سے ان کی پارٹی واضح اکثریت حاصل کر کے برسر اقتدار آگئی۔

عرس کی تقریبات کے خاتمے کے بعد شاہ صاحب نے ایک دوسرے پروگرام پر عمل درآمد کی تیاریاں شروع کردیں۔کیوں کہ قوم وملت کا درد انہیں چین سے بیٹھنے نہیں دیتا تھا۔چونکہ لوگوں میں یہ تاثر تھا کہ موجودہ حکومت اقلیتوں کے تعلق سے نرم گوشہ رکھتی ہے اور خود حکومت کے سربراہ سے شاہ صاحب کے تعلقات استوار ہو گئے تھے۔یعنی اس وقت لوہا گرم تھا۔چنانچہ انہوں نے قوم وملت کے دیرینہ مسائل سے حکومت کو آگاہ کرنے کے لئے اپنی سربراہی میں وزیر اعلیٰ کی ملاقات کی غرض سے ایک وفد تشکیل دی۔اس وفد میں کچھ مذہبی جماعتوں کے ذمہ دار،ڈاکٹرس، پروفیسرس اور وکلا حضرات کو بھی شامل کیا گیا تھا تاکہ حکومت کو تاثر دیا جائے کہ یہ قوم کا نمائندہ وفد ہے۔حکومت کو پیش کرنے کے لئے ایک میمورنڈم بھی تیار کرلیا گیا،جس میں وہ سارے امور ومسائل نکتہ وار درج کئے گئے،جو قوم وملت کو درپیش تھے۔وزیر اعلیٰ کے دفتر سے ملاقات کی تاریخ اور وقت کے تعین میں کوئی دشواری پیش نہیں آئی۔

تاریخ مقررہ پر جب نمائندہ وفد وزیر اعلیٰ شری جتیندر کمار سریواستو کے دفتر پہنچا تو وہ اپنے چیمبر میں وفد کی آمد کے منتظر تھے۔انہوں نے کھڑے ہو کر وفد کے اراکین کا استقبال کیا۔میٹنگ میں ان کے پرسنل سکریٹری بھی موجود تھے۔تھوڑی دیر میں چائے آگئی۔چائے نوشی کے دوران اراکینِ وفد نے اپنا تعارف کروایا۔جب شاہ صاحب کی باری آئی تو وزیر اعلیٰ محترم نے مسکرا کر ہاتھ کے اشارے سے روکتے ہوئے کہا۔''شاہ جی! آپ کا بھی تعارف کی ضرورت ہے؟ میں تو آپ کا مرید ہوں۔آج میں جہاں بیٹھا ہوا ہوں یہ آپ کی دعاؤں کی برکت ہے۔''

اس پر شاہ صاحب اراکینِ وفد کی جانب کن انکھیوں سے دیکھتے ہوئے گویا ہوئے:''حضور! اس حقیر فقیر سراپا تقصیر کی کیا حیثیت ہے۔من آنم

کہ من دانم، یہ سب اوپر والے کی مہربانی ہے۔ جسے چاہے عزت دے جسے چاہے ذلت دے۔

اس طرح رسمی بات چیت کے بعد اصل مدعا پر گفتگو شروع ہوئی۔ اس دوران اراکینِ وفد نے میمورنڈم میں درج امور پر وزیراعلیٰ کی توجہ مبذول کرائی۔ اس پر وزیراعلیٰ نے جواب دیا کہ وہ ان کے ان مسائل سے آگاہ ہیں اور ان کی حکومت ان مسائل کے حل کے لئے ہر ممکن اقدام کرے گی۔

اس طرح خوشگوار ماحول میں بات چیت اختتام پذیر ہوئی۔ اس کے بعد وزیراعلیٰ کو میمورنڈم پیش کر کے وفد نے رخصت چاہی۔ وزیراعلیٰ نے وفد کا شکریہ ادا کیا۔ جب لوگ چیمبر سے باہر نکلنے لگ تو شاہ صاحب نے ان سے کہا۔'' آپ لوگ چند منٹ باہر رکیں، مجھے سریواستو جی نے کچھ پرسنل بات کرنی ہے۔''

شاہ صاحب کی بات پر لوگ چونکے اور ایک دوسرے کی طرف سوالیہ انداز میں دیکھتے ہوئے باہر آ گئے۔

وفد کے باہر نکلنے کے بعد شاہ صاحب نے ادھر ادھر دیکھا پھر شیروانی کی جیب سے ایک لفافہ نکال کر وزیراعلیٰ کی طرف بڑھاتے ہوئے بولے۔'' سریواستو جی! میرا ایک کام آن پڑا ہے اور وہ آپ کی وزارت سے متعلق ہے۔ امید ہے کہ آپ مجھے مایوس نہیں کریں گے۔''

''بات کیا ہے کچھ کہئے تو شاہ جی!'' وزیراعلیٰ نے مسکراتے ہوئے پوچھا۔

''دراصل شہر کے موہن داس میموریل کالج کے اردو ڈیپارٹمنٹ میں ایک لکچرار کی سیٹ پر بحالی ہے۔ اس سیٹ کے لئے میری بیٹی نے بھی درخواست دے رکھی ہے۔ لفافہ میں اس کا پروفائل ہے، ذرا دیکھ لیجئے گا۔''

''ضرور ضرور! ہم سے جو ہو سکے گا آپ کے لئے کرنے سے گریز نہیں کریں گے۔'' وزیراعلیٰ نے شاہ صاحب کو اطمینان دلاتے ہوئے کہا۔

شاہ صاحب کے چہرے پر ایک فاتحانہ مسکراہٹ کی لہر دوڑ گئی کیوں کہ اس ایک سیٹ کے لئے درجنوں درخواستیں اونچے خاندانوں کی بہو بیٹیوں کی آئی ہوئی تھیں اور لوگ اپنی اپنی پہنچ کے مطابق پیروی میں لگے ہوئے تھے۔ مگر یہاں تو شاہ صاحب خود ریاست کے سربراہ اعلیٰ تک پہنچ بنالی تھی جن کے ذمہ اعلیٰ تعلیم کا قلمدان بھی تھا۔

شاہ صاحب نے اٹھتے ہوئے وزیراعلیٰ سے ہاتھ ملایا اور ان کا شکریہ ادا کرتے ہوئے چیمبر سے باہر نکل گئے۔

شاہ صاحب کے رخصت ہونے کے بعد وزیراعلیٰ نے لفافہ کھولا تو اس میں ان کی بیٹی کے پروفائل کے ساتھ اس کی ایک فل سائز کی تصویر بھی تھی۔ انہوں نے تصویر ہاتھ میں لے کر دیکھی تو بس دیکھتے ہی رہ گئے۔ تصویر میں ایک ستائیس اٹھائیس سال کی عمر کی عورت کے حسن کا نکھار جادو جگا رہا تھا۔ تو یہ تھی شاہ صاحب کی بیٹی۔ مگر انہوں نے تصویر کیوں دی، اس کی تو کوئی ضرورت ہی نہیں تھی۔ وزیراعلیٰ سریواستو نے سوچا۔

کچھ دیر وہ تصویر میں مرتسم مجسم حسن کو نہارتے رہے۔ پھر اسے پرسنل سکریٹری کے حوالے کرتے ہوئے مسکرا کر بولے۔'' دیکھئے برجیس جی، آپ ایسا کیجئے، یہ جو میمورنڈم ہے نا اسے ردّی کی ٹوکری میں ڈال دیجئے، مگر دیکھئے شاہ جی کا کام ہو جانا چاہئے کیوں کہ انہوں نے بہت حسین رشوت دی ہے۔''

OOO

احساس کی خوشبو

ڈاکٹرمحبوب فرید

مرزاارمان علی اور دیا خان کی شادی ہوئے چار سال بیت چکے تھے۔ارمان سینٹرل یونیورسٹی میں اسٹنٹ پروفیسر تھے اور دیا بینک میں کیاشیر تھی۔آمدنی اچھی تھی اس لئے دونوں نے منصوبہ بندی کرتے ہوئے شادی کے فوراً بعد ہی شہر کے ایک پاش علاقے میں اقساط پر ایک تھری بی ایچ کے' کا فلاٹ خرید لیا تھا۔دونوں ایک دوسرے پر فدا تھے خوش اور مطمئن بھی۔ارمان عموماً پانچ بجے یونیورسٹی سے گھر پہنچ جاتے تھے اور دیا کو بینک سے گھر آتے آتے شام کے چھ بج جاتے تھے۔دیا گھر آتے ہی فریش ہوکر ارمان کے لئے چائے سموسے یا بسکٹ کا انتظام کر دیتی اور پھر تھوڑی دیر آرام کر کے شام کا کھانا تیار کرنے میں لگ جاتی گذشتہ چار سال سے اس کا یہی معمول تھا۔

موسم گرما کے آخری ایام تھے۔شام پانچ بجے سے اچانک آسمان پر گھنگھور گھٹائیں چھانے لگیں اور دیکھتے ہی دیکھتے طوفانی ہواؤں کے ساتھ زوردار بارش ہونے لگی۔جب دیا بینک سے باہر نکلی تو ابھی بارش ہو رہی تھی۔سڑکوں پر گھٹنوں برابر پانی بہہ رہا تھا۔ایسی حالت میں آٹو کا ملنا بہت مشکل تھا۔بہت دیر انتظار کرنے کے بعد دیا آٹو کے ذریعہ گھر پہنچی تو شام کے آٹھ بج چکے تھے۔ارمان پانچ بجے سے دیا کا انتظار کرتے کرتے سو گئے تھے۔

دیا نے گھر میں داخل ہوتے ہی ارمان کو سلام کیا اور ہمیشہ کی طرح خود فریش ہوکر چائے بنانے کچن میں چلی گئی۔ارمان غصہ میں لال پیلے تھے.........زوردار آواز میں کہنے لگے۔اتنی دیر سے آئی ہو اب چائے وائے بنانے کی ضرورت نہیں۔!!میں نے چائے پی لی ہے۔ساتھ ہی بے زارگی کے لہجہ میں کہا.........''میں تمہاری اس جاب سے تنگ آگیا ہوں یا تو جاب چھوڑ دو یا مجھے......!!

دیا نے شوخیانہ انداز میں مسکراتے ہوئے ارمان سے کہا''میری جان.........!!تمہارے لئے یہ جاب کیا چیز ہے میں تو دنیا کی ہر چیز تمہارے لئے چھوڑنے تیار ہوں.........۔دیکھونا......باہر طوفانی ہواؤں کے ساتھ......کتنی زوردار بارش ہو رہی تھی۔پہلے تم مجھ سے پوچھتے کہ میں گھر کیسے آسکی؟۔اس کے بجائے تم مجھ پر ہی غصہ ہو رہے ہو۔کوئی بات نہیں.........تم بھی یونیورسٹی سے تھکے ماندے آئے ہو اور میں بھی.........چلو غصہ تھوک دو.........میں تمہارے لئے ادرک کی بہترین چائے بنا کر لاتی ہوں''۔

ارمان کا غصہ ابھی نہیں اترا تھا۔اس نے تلخ لہجے میں کہا......مجھے چائے وائے نہیں پینی ہے بنانا ہو تو تم خود اپنے لئے بنا لینا.........دیا موقع کی نزاکت کو دیکھتے ہوئے چپ ہوگئی۔خود بھی چائے نہیں پی جب کہ وہ پانی میں بھیگ کر آئی تھی اور چائے کی اسے سخت ضرورت محسوس ہو رہی تھی۔

--۲--

میاں بیوی ادھر ادھر منہ پھیر کر بستر پر سو گئے۔اس طرح کے جھگڑے دونوں کے درمیان اکثر ہوتے رہتے تھے یہ کوئی نئی بات نہیں تھی۔کبھی ارمان گرم ہو جاتے تو کبھی دیا.........یوں بھی میاں بیوی کے درمیان جھگڑا کتنی دیر کے لئے رہتا ہے.........؟؟مگر اس بار نوعیت کچھ اور تھی رات کے نو بج چکے تھے۔دونوں کے درمیان پھر گرما گرم بحث وتکرار شروع ہوگئی۔جو کسی طرح تھمنے کا نام نہیں لے رہی تھی۔

اس سے پہلے کے بات کچھ اور آگے بڑھتی دونوں نے آپسی رضامندی سے فیصلہ کرلیا کہ مزید کسی تلخی کے ایک دوسرے سے علاحدہ ہوجائیں گے۔ روز روز کی کچھ کچھ سے تو بہتر یہی ہے کہ آپ مجھے طلاق دے دیجئے۔ دیبا نے فیصلہ کن انداز میں اپنی بات رکھ دی۔ ایسا ہی خیال ارمان کا بھی تھا۔ دونوں کی گفتگو سے ایسا معلوم ہو رہا تھا کہ بہت دنوں سے یہ بات ان کے دلوں میں پل رہی تھی کیونکہ اتنا بڑا قدم کوئی اچانک نہیں اٹھا سکتا۔

دیبا کو خدا نے اپنے ہاتھوں سے بنایا تھا۔ ہر چیز موزوں اور مناسب..........قد و خال میں بھی بلا کی کشش تھی۔ وہ جوان اور تعلیم یافتہ بھی تھی۔ سب سے بڑی بات یہ تھی کہ وہ کمائی پوت تھی۔ کمی تھی تو بس اولاد کی تھی۔ اللہ نے اس گود گذشتہ چار سال سے خالی رکھی تھی۔ اسے اس بات کا بہت دکھ تھا اور یہ بھی سچ ہے کہ اولاد کے بغیر عورت کا وجود ادھورا ہی رہتا ہے۔ حقیقت میں عورت کا حسن اس وقت دوبالا ہوجاتا ہے جب اس کی گود میں اس کا بچہ ہو۔

ارمان بھی اپنے ماں باپ کا اکلوتا بیٹا تھا۔ والد فوج میں کرنل تھے جو ریٹارڈ ہو چکے ہے تھے والدہ بھی رئیس زادی تھیں۔ ارمان نے ماس میڈیا میں پی ایچ ڈی کیا تھا۔ چھ فٹ کا کسرتی جسم' گورا رنگ' حرکیاتی افکار و عمل اور حسن اخلاق کا جیتا جاگتا نمونہ تھا۔ شہر میں کسی سینٹرل یونیورسٹی میں اسسٹنٹ پروفیسر تھا۔ نہ صرف طلباء و طالبات بلکہ اپنے اسٹاف میں بھی پسندیدہ شخصیت تسلیم کیا جاتا تھا۔ صرف کمی تھی تو بس اولاد کی۔ رشتہ داروں کے علاوہ دوست احباب بھی باتوں باتوں میں طعنہ وطنز کرتے تو وہ نروس اور اداس ہوجاتا تھا..........۔

ایسا نہیں کہ انہوں نے ڈاکٹروں' ویدوں اور حکیموں وغیرہ کے علاج معالج نہ کرائے ہوں۔ گھریلو ٹوٹکے بھی آزمالئے تھے۔ سب یہی کہتے تھے کہ اولاد ہوگی مگر کب......؟؟ یہ کوئی نہیں بتا سکتا تھا۔ اسی کو ہم اللہ کی مصلحت کہتے ہیں۔ شائد اولاد کی کمی میاں بیوی میں غصہ' چڑ چڑاپن اور ڈپریشن کی وجہ بن رہا تھا۔ جس کا دونوں کو شدید احساس تھا۔

وقت کا پنچھی کہاں رکتا ہے۔ اچھا ہو یا برا وہ تو پھیلتا سکڑتا رہتا ہے۔ بہار و خزاں آتے جاتے رہے۔..........موسم کا کیا؟ ....وہ تو آتے رہے اور جاتے رہے۔.......... دیبا ایسی پھیکی اور بے مزہ زندگی سے اُوب گئی تھی۔ دنیا یہی کہتی تھی کہ ....ایسے بے پناہ حسن و جمال کا کیا فائدہ۔ عورت کا حسن تو تب ہی دوبالا ہوتا ہے جب اسکی گود میں گلکاریاں کرتا ہوا بچہ ہو۔..........درخت کتنا بھی خوب صورت ہو پھل نہ دے تو کیا فائدہ۔!!! ایسی کڑوی کسالی باتیں سن کر دیبا کا دل ٹوٹ جاتا تھا۔ اس کے پاس اللہ کے آگے رونے اور گڑگڑانے کے سوا کچھ نہ تھا۔ اس لئے وہ ارمان سے علاحدہ ہونے کا بہانہ ڈھونڈ رہی تھی۔ تاکہ دوسری شادی کر کے بچوں کے سکھ سے ارمان کے ارمان پورے ہوجائیں۔ یہ بھی محبت کی ایک انوکھی ادا ہے۔ کہ اپنے محبوب کو رنجیدہ نہ ہونے دے۔

دونوں بہت دیر تک خاموش رہے۔ ارمان کو دیبا کے سِسکیوں کی آواز صاف سنائی دے رہی تھی مگر..........کافی غور و خوص کے بعد آخر کار دونوں نے متفقہ طور پر فیصلہ کیا کہ وہ ابھی ....کسی اچھے وکیل سے مشورہ کر کے طلاق کے کاغذات تیار کروالیں گے اور کل صبح عدالت میں پیش کردیں گے۔

--۳--

چنانچہ اسی وقت دونوں اسٹامپ پیپرس خرید کر ایک وکیل کے آفس پہنچ گئے۔ رات ساڑھے دس بج رہے تھے۔ وکیل صاحب آفس

بند کر کے گھر جانے کی تیاری میں اپنے ضروری کاغذات سمیٹ رہے تھے ۔آفس بوائے نے اطلاع دی کہ کوئی ان سے ملنے آئے ہیں ۔ وکیل صاحب نے کہلوادیا کہ وہ کل آئیں آفس کا وقت ختم ہو چکا ہے۔آفس بوائے نے انہیں بتادیا کہ آفس کا وقت ختم ہو چکا ہے لہذا وہ کل آئیں ۔مگر وہ نہ مانے اور آفس میں داخل ہو کر وکیل صاحب سے منت سماجت کرنے لگے کہ انہیں طلاق کے پیپرس ابھی تیار کروانے ہیں۔وہ جلدی میں ہیں ۔ اوران کی جو بھی فیس ہوگی وہ ادا کرنے کے لئے تیار ہیں۔

وکیل صاحب ششدر رہ گئے کہ.........معاملہ کیا ہے..............؟ دونوں میاں بیوی خوشی خوشی طلاق لینے اور دینے کے لئے تیار ہیں۔وکیل صاحب نے بہانہ کیا کہ کمپوٹر آپریٹر جاچکا ہے اور پھر دو گواہوں کی بھی ضرورت ہوتی ہے ۔اتنی رات دیر گئے گواہ کہاں ملیں گے؟ ۔ انہوں نے کہا کہ ایک تو ان کا ڈرائیور ہے دوسرے کا وہ خود بندوبست کردے گا۔ بیوی نے اپنے پرس میں سے دس ہزار روپے نکال کر ٹیبل پر رکھ دیئے۔اور گذارش کی کہ پیپرس کسی طرح بھی ہو ....اسی وقت تیار کروادیے جائیں تو ان کی نوازش ہوگی۔وہ اب اپنے گھر نہیں بلکہ اپنے میکہ جانا چاہتی ہے۔وکیل صاحب عجیب مخمصے میں پھنس گئے۔

تب وکیل صاحب کا ماتھا ٹھنکا.....................!!انہوں نے ارمان سے پوچھا طلاق کی وجہ کیا ہے؟ارمان نے مایوسی کے ساتھ بتایا کہ ان کی شادی ہوئے چار سال ہو چکے ہیں دونوں ملازمت کرتے ہیں ایک دوسرے سے خوش اور بھی مطمئن ہیں اس کے باوجود طلاق لینا چاہتے ہیں۔

وکیل صاحب بہت حاذق اور تجربہ کار تھے ۔انہیں یہ سمجھنے میں ذرا بھی دیر نہیں لگی کہ اصل وجہ اولاد کا نہ ہونا ہے ۔تب وکیل صاحب نے پوچھا آپ کے بچے کتنے ہیں...........؟؟

دونوں کے چہرے پر ہوائیاں اڑنے لگیں۔وکیل صاحب سمجھ گئے کہ طلاق کی اصل وجہ اولاد کا نہ ہونا ہے اورانہوں نے فیصلہ کرلیا کہ یہ وقتی غبار ہے ۔اس معاملے کو ذراسی طوالت دی جائے تو معاملہ خود بخود حل ہو جائے گا۔

وکیل صاحب نے میاں بیوی کو سمجھاتے ہوئے کہا’’ مسلمانوں میں طلاق دینے کا صحیح طریقہ یہ ہے کہ شوہراپنی بیوی کو چند دن اپنے بستر سے دور رکھے ۔اس پر بھی مصالحت نہ ہو تو میاں اور بیوی کے خاندان سے کچھ لوگ یا ایک حَکم مقرر کرے جو دونوں کے درمیان افہام وتفہیم کرے ۔اس طرح اللہ کے فضل وکرم سے مصالحت کی کوئی نہ کوئی راہ نکل آتی ہے۔اس کے باوجود بھی کوئی سبیل نہ نکل سکے تب شوہر اپنی بیوی کو حالتِ طہور میں ہر ماہ ایک بار طلاق دے اور اس دوران بیوی شوہر کے گھر ہی میں رہے ۔ایک بار طلاق دینے کے بعد شوہر چاہے تو بیوی کو تین ماہ کے اندر پھر سے رجوع کرسکتا ہے جس کو طلاق رجعی کہتے ہیں اسی طرح پاکی کی حالت میں دوسری بار طلاق دے اس کے بعد بھی شوہر چاہے تو تین ماہ کے اندر اپنی بیوی سے رجوع کرسکتا ہے لیکن تیسری مرتبہ تیسری مرتبہ بھی شوہر نے اگر طلاق دی ہو تو پھر یہ طلاق واقع ہو جاتی ہے۔اس کے بعد شوہر اپنی بیوی سے رجوع نہیں کرسکتا جب تک کہ حلالہ نہ کیا جائے۔‘‘ وکیل صاحب نے کہا.....’’بی بی عدالت سے طلاق لینے کیا......وہ تو چند دن میں ہو جائے گی ۔مگر مسئلہ کا حل یہ تو نہیں ہے‘‘۔

--۴--

وکیل صاحب نے آفس بوائے کو بلا کر پانی‘ چائے اور بسکیٹ لانے کے لئے کہا..............وکیل صاحب نے دونوں کو مزید سمجھاتے ہوئے

کہا۔ دیکھو!.........طلاق اللہ کے نزدیک حلال چیزوں میں سب سے زیادہ ناپسندیدہ عمل ہے' طلاق کی وجہ سے نہ صرف دو زندگیاں بلکہ دو خاندان تباہ و برباد ہو جاتے ہیں۔ وکیل صاحب نے کہا.........میرا کیا؟ آپ مجھے فیس دے رہے ہیں میں طلاق کروا دوں گا۔ مگر آپ دونوں کو میرا مخلصانہ مشورہ ہے کہ پھر ایک بار ٹھنڈے دل سے غور کریں۔ البتہ یہ پیپرس اور آپ لوگوں کی تفصیلات میں اپنے پاس رکھ لیتا ہوں البتہ فیس کل ہی لوں گا۔ اس کے بعد بھی آپ لوگ اپنے فیصلہ پر اٹل رہیں تو کل گیارہ بجے میرے آفس آجایئے آپ کی طلاق کے پیپرس عدالت میں داخل کر دیں گے۔

دنوں اس بات پر راضی ہو کر اپنے گھر چلے گئے۔ دوسرے دن گیارہ بجے.........وہ نہیں آئے۔ بارہ بجے' دو بجے' پانچ بجے بھی نہیں آئے۔ پھر ایک ہفتہ.........ایک مہینہ.........ایک سال.....دو سال گذر گئے.........وہ نہیں آئے۔!!

ایک دن گیارہ بجے ایک کار آ کر وکیل صاحب کے آفس کے سامنے رکی۔ میاں بیوی کے ساتھ ایک خوب صورت بچہ بھی تھا۔ آفس بوائے ان کو دور سے دیکھ کر ہی پہچان لیا اور ان کے آنے سے پہلے ہی وکیل صاحب کو اطلاع دے دی اور جذباتی انداز میں کہنے لگا.....وہ لوگ آرہے ہیں.........وہ لوگ آرہے ہیں!او وکیل صاحب نے تجسس سے پوچھا کون لوگ آرہے ہیں؟

آفس بوائے کا چہرا خوشی سے تمتمار ہا تھا۔ شائد وہ اس قضیہ سے اچھی طرح واقف تھا.........تب ہی تو وہ اتنا خوش ہو رہا تھا۔ وکیل صاحب نے انہیں اندر آنے کی اجازت دی جب وہ اندر داخل ہوئے تو دیکھتے ہی انہیں پہچان لیا۔ ارمان وکیل صاحب سے گلے مل کر زار و قطار رونے لگا۔ مگر یہ خوشی کے آنسو تھے.........دیبا کے آنکھوں سے بھی آنسو بہہ رہے تھے۔ بچہ اپنے معصوم ہاتھوں سے ماں کے آنسو پونچھ رہا تھا۔ پھر ارمان نے پوری تفصیل بتلائی اور اپنے خوب صورت بچے کا تعارف کروایا۔

ارمان اور دیبا نے وکیل صاحب کو ایک لاکھ روپے اور مٹھائی کا تحفہ دینے لگے۔ وکیل صاحب نے پوچھا یہ کیا ہے.........؟؟ ارمان نے ادب و احترام سے کہا۔ وکیل صاحب یہ ہماری طرف سے آپ کے لئے معمولی سا تحفہ ہے۔ وکیل صاحب نے کہا میں اتنے سارے پیسے تو نہیں لے سکتا البتہ آپ اسٹامپ پیپرس اور ڈی ٹی پی آپریٹر کو پانچ سو روپئے دے دیجئے۔ اب رہی مٹھائی تو.........میں ذیابطیس کا مریض ہوں.........مٹھائی تو کھا ہی نہیں سکتا آپ اسے اپنے ساتھ لے جایئے۔

ارمان اور دیبا نے اپنے محسن کا دل سے شکریہ ادا کیا اور کہا ''وکیل صاحب آپ نے بروقت ہمیں صحیح مشورہ دے کر ہماری آنکھیں کھول دیں اور ہمارے احساس کی خوشبو کو جگا دیا۔ ورنہ ہم تو جذبات کی رو میں بہہ جاتے۔ ہم اللہ سے دعا کرتے ہیں کہ وہ آپ کو اجر خیر عطا فرمائے''۔ آمین۔

OOO

فریب برتری

راجہ یوسف

خالد حسین کے ذہن و دل میں شافیعہ کی سوچ جیسے منجمد ہو کر رہ گئی تھی۔ اس کا ذہن کبھی دل کو موردالزام ٹھہراتا تھا تو کبھی دل سوچ کو قصوروار گردانتا تھا۔ اس کے دن کا چین اور راتوں کی نینداڑ چکی تھی۔ وہ دن رات بس شافیعہ کے بارے میں سوچتا جا رہا تھا اور اسی کے خلاف بڑبڑاتا رہتا تھا۔

''میرے خدشات سچ ثابت ہو رہے تھے۔ کہ اب تم نہیں بلکہ تمہارا غرور بول رہا تھا۔ تکبر نے تمہارے ذہن و دل کو جکڑ کر رکھا تھا۔ جو میرے معصوم احساس کو دبانے کی کوشش کر رہا تھا۔ لیکن جب میں نے گھر چھوڑا اور اپنا گاؤں چھوڑ کر آیا۔ تب تم بہت زیادہ خوش ہوئی تھیں۔ تم جانتی تھیں یہ سب میں نے صرف تمہارے لئے کیا تھا۔ تمہارے ساتھ رہنے کے لئے۔ تم کو اپنانے کے لئے۔ یاد ہے نا میری چھوٹی سی کہانی بھی اگر کسی اخبار میں شائع ہوتی تو تمہارا چہرا مسرت سے کھل اٹھتا تھا۔ جب کسی بڑی کانفرنس میں تم آڈینس میں ہوتیں اور میں پریزیڈیم میں بیٹھا یا مائیک پر بول رہا ہوتا۔ تم کو مجھ پر فخر ہوتا تھا۔ جب بھی کوئی ریاستی یا ملکی سطح کی ادبی یا علمی کانفرنس ہوتی تو مجھے وہاں پر بلایا جاتا اور تمہاری ڈیوٹی لگ جاتی تھی۔ میرے ساتھ کاپریٹ (Cooperate) کرنے کی اور میری ایک ایک چیز کا خیال رکھنے کی ہدایت مل جاتی تھی۔ کسی بھی کانفرنس کے دوران تم اپنے آفیسرز اور کلیگس کے سامنے میرا تعارف کراتے تھکتی نہیں تھی۔ اور فخر سے ہمارا رشتہ ظاہر کرتی تھیں لیکن اب تمہارا آہنکار بڑھ رہا ہے اور میرے خدشات بھی۔''

اٹکی ہوئی سوئی آہنکار کے ریکارڈ پر چلتے چلتے گِھس چکی ہے۔ خالد حسین کو لگ رہا تھا کہ اس کی بیوی شافیعہ کے سوچ کی سوئی اب غرور کی انتہا پر پہنچ کر اٹک چکی ہے۔ اس لئے اب وہ بار بار صرف تکبر، غرور اور نفرت کی ہی باتیں دہراتی تھی۔

''نفرت کی بھی کوئی حد ہوتی ہے۔ لیکن تمہاری بدگماں نظریں جو زہریلے نشتر چلا رہی ہیں وہ نہ صرف میری روح بلکہ میرے احساس کو بھی زخمی کر رہے ہیں۔ وہ احساس جس کو جگانے کے لئے تم نے سارے داؤ کھیلے تھے ہزار نہیں بلکہ لاکھ جتن تھے، جو بار بار مجھے احساس دلا رہے تھے کہ مجھے تمہارے بارے میں سوچنا ہوگا۔ یہ وہی احساس ہے جس نے مجھے تمہارے قریب ہونے پر مجبور کر دیا تھا۔ اور اب یہ وقت آن پہنچا ہے کہ تم میرے انہی احساسات کی دشمن بنی بیٹھی ہیں۔۔۔''

ذہن کے کشکول میں جب خیال کے سکے گرنے بند ہو جاتے ہیں تو ذہنی اپج کنگال ہو جاتی ہے۔ ایک جمود آ جاتا ہے جو جھنجلاہٹ کا محرک بن جاتا ہے۔ دماغ وہیں تک سوچتا ہے جہاں پر سوچ کی سوئی اٹکی ہوئی ہوتی ہے۔ اور کبھی کبھی رکی پڑی سوئی ایک ہی جملے کی اتنی تکرار کرواتی ہے کہ سننے والے کا دماغ پھٹنے لگتا ہے۔ گھسی ہوئی سوئی منجمد خیال کو گھستی چلی جاتی ہے اور انسان خود بھی سر پکڑ کر بیٹھ جاتا ہے دراصل وہ جو کچھ کہنا چاہتا ہے اس کی مکمل ترسیل نہیں ہو پاتی۔ اور وہی شخص جو کل تک آنکھ کا تارہ ہوتا ہے۔ اسی کا چہرہ سب سے زیادہ برا اور منحوس لگتا ہے۔

خالد حسین بڑا ہی خاموش طبیعت انسان تھا لیکن جب بھی بولتا تھا تو اس کی باتوں سے صرف علم و دانش کا اظہار ہوتا تھا۔ لکھتا تھا تو پڑھنے والوں میں جادو جگاتا تھا۔ یونیورسٹی میں لڑکوں اور لڑکیوں کی ایک بڑی تعداد تھی جو خالد کے پرستار تھے۔ کئی لڑکیاں اسے چاہتی بھی تھیں

لیکن شافیعہ نے سب پر سبقت لے لی تھی۔ وہ خالد کی شاعری اور کہانیوں سے زیادہ اس کی پرسنلٹی، اس کے Behavior پر فریفتہ تھی۔ وہ ہر حال میں خالد حسین کو اپنا بنانا چاہتی تھی۔

خالد حسین ضلع شاہ آباد کے دور دراز گاؤں شاہ پور کا باسی تھا۔ یہ گاؤں اپنے حسن و جمال اور خوبصورتی کے لحاظ سے اپنی مثال آپ تھا۔ سرسبز میدان، پہاڑوں سے اترتے گرتے صاف وشفاف جھرنے، قدرتی پھلواریاں اور جنگلوں کے لمبے لمبے سلسلے۔ خالد حسین قدرت کے حسن کا دیوانہ تھا اور اپنے گاؤں سے بہت پیار کرتا تھا۔ وہ یہاں کے بڑے زمیندار حیات خان کا تیسرا بیٹا تھا۔ بڑے دو بیٹے باپ کے کاروبار کو سنبھال رہے تھے۔ خالد حسین یونیورسٹی میں پوسٹ گریجویشن کا طالب علم تھا۔ اسکول اور کالج کے دنوں وہ ہفتے کا انتظار کرتا رہتا تھا۔ کہ کب سنیچر آجائے اور وہ شہر کے اس کنکریٹ جنگل سے بھاگ کر اپنے گاؤں چلا جائے۔ جہاں وہ سرسبز جنگلوں کی تازہ تازہ ہوا میں سانسیں لے سکے۔ لیکن جب وہ یونیورسٹی پہنچا تو پہلے ہی دن سے یہاں اس کا دل لگ گیا۔ یونیورسٹی ڈل جھیل کے کنارے پر واقع تھی۔ ڈل جھیل میں دن بھر رنگ برنگی کشتیاں تیرتی رہتی تھیں۔ ساتھ ہی قریب میں حضرت بل کی زیارت عالیہ، جہاں سے خوش کن اذان اور درود واذ کار سے دل کو راحت اور روح کو سکون مل جاتا تھا۔

یونیورسٹی پہنچتے پہنچتے خالد حسین اچھا شاعر اور کہانی کار بن چکا تھا۔ یہاں کے ہر ادبی پروگرام میں اس کی شرکت ناگزیر مانی جاتی تھی۔ چونکہ وہ امیر باپ کا بیٹا تھا اس لئے اس کے پاس پیسوں کی کوئی کمی بھی نہیں تھی۔ دوستوں کے ساتھ شکارا میں بیٹھ کر ڈل جھیل کی سیر اس کا معمول تھا۔ شہر کی تمام خوبصورت جگہوں کے علاوہ وادی کے لگ بھگ سارے سیاحتی مقامات کی سیر بھی کر ڈالی۔ پڑھائی کے دوران ہی خالد حسین اور شافیعہ کی محبت پروان چڑھتی گئی۔ شافیعہ محبت میں قسمیں کھانے اور وعدہ وفا کرنے کی قائل نہیں تھی۔ اسے شادی کی جلدی تھی۔ وہ کسی بھی طرح خالد حسین سے جلد از جلد شادی کرنا چاہتی تھی۔ اسے ڈر لگا رہتا تھا کہ کہیں کوئی دوسری لڑکی خالد حسین کو اڑا کر نہ لے جائے۔ وہ یاردوستی، پیار محبت میں زیادہ بھروسہ نہیں رکھتی اس لیے وہ خالد پر بھی شک کرتی تھی کہ کہیں وہ خود ہی کسی اور کا نہ ہو جائے اور وہ دیکھتی رہ جائے۔ وہ کسی بھی قیمت پر خالد حسین کو حاصل کرنا چاہتی تھی۔ لیکن خالد حسین شادی سے گھبرا رہا تھا کیوں کہ وہ جانتا تھا کہ اس کے گھر والے اس رشتے کو کبھی تسلیم نہیں کریں گے اور نہ ہی خود اس میں اتنی ہمت تھی کہ وہ اپنے باپ کے سامنے سینہ تان کر کھڑا ہو جاتا۔۔۔شافیعہ تو چاہتی ہی یہی تھی کہ خالد حسین اپنے گھر سے کٹ جائے۔ اپنے دیہات کو بھول جائے۔ بس اسی کا ہو کر یہیں شہر میں بس جائے۔ اور وہی ہوا بھی۔ دونوں نے کورٹ میں شادی کر دی۔ خالد حسین کے چند ایک دوست اور شافیعہ کے لگ بھگ سارے گھر والے شادی میں موجود تھے۔ شافیعہ کے گھر والے غریب لوگ تھے اور کئی فیملیز کی شراکت داری میں ایک ہی مکان میں رہتے تھے۔ اس لئے ان کے پاس اتنی جگہ نہیں تھی جہاں خالد حسین اور شافیعہ بھی سما سکتے تھے۔ ویسے بھی خالد حسین ان کے ساتھ رہنا نہیں چاہتا تھا۔ اس لئے ایک کرائے کے گھر میں رہنے لگے۔ کچھ مہینوں تک گھر سے لائے پیسوں پر گزارہ چلتا رہا اور بلا آخر جمع پونجی ختم۔ اب جینے کے لالے پڑ گئے۔ نوکری کی تلاش میں دربدر بھٹکنے کے بعد خالد حسین نے ایک اخبار میں نوکری کرنا شروع کر لی۔ وہ دال روٹی (ہاک بتہ) کے چکر میں الجھتا رہا اور شافیعہ پریشانیوں سے دور پڑھائی میں مگن رہی۔ جب تک اس نے کے اے ایس (KAS) کا ایگزام پاس کیا تب تک خالد حسین بھی اخبار لائن اور ادبی سرکل میں اچھا نام پیدا کر چکا تھا۔

”مجھے آج بھی یاد ہے جب ہم کبھی اہرہ بل کے آبشار کا نظارہ کرنے جاتے تھے۔ آبشار کا شفاف پانی اوپر سے جھرنے میں گر جاتا تھا۔ تو پانی جیسے ایک ساتھ ہزاروں گھنگرو بجا کر چھن چھن بہتا جاتا تھا۔ سورج کی رنگین کرنیں بہتے پانی پر جلترنگ بجانے کے موڑ پر رہتی

تھیں۔۔۔ میرے ہاتھ میں قلم ہوتا تھا اور میں نہ جانے کیا کیا صفحہ قرطاس پر بکھیرتا جاتا تھا۔ اور تم۔۔۔تم تو قدرت کی خوبصورتی کے بجائے آس پاس کی رواں دواں بھیڑ پسند کرتی تھی۔۔۔۔

کبھی پہلگام کے نالہ لیدر میں کسی بڑے پتھر پر بیٹھ کر پیروں کو پانی میں ڈالے ابھرتی ڈوبتی لہروں کا نظارہ کرتے تھے۔ لیدر سے اٹھتے موتی جیسے پانی کے قطرے اچھل اچھل کر ہمیں اپنی شگفتگی میں مدہوش ہونے کی ترغیب دیتے تھے لیکن تم اکتاہٹ کی شکار ہو جاتی تھیں۔ تم پہلگام کے بازاروں کی شیدائی تھی جہاں جھلمل کرتی روشنیوں میں دیس پردیس سے آئے ہوئے خوبصورت اور خوشنما چہروں کی چمک دھمک دل موہ لیتی تھی ۔۔۔۔کبھی اچھہ بل کے فواروں کے پاس سے گزر کر ویری ناگ میں مغلوں کے شوق کو دادِ تحسین پیش کرتے تھے۔ شالیمار سے لے کر جھیل ڈل کے نرم سینے پر مچلتی ننھی سی کشتی میں بیٹھ کر چار چناری کی نرم چھاؤں میں پہنچ جاتے تھے۔ جہاں بیٹھ کر میں تم سے شیکسپیر، سعادت حسن منٹو، چیخوف، برنارڈ شاہ۔۔۔لقمان سے لیکر نیوٹن تک اور لیلیٰ مجنوں سے لے کر رومیو جولیٹ تک کی زندگی اور فن پر بحث کرنا چاہتا تھا۔ مگر تمہیں ادب سے نفرت تھی، تم ہمیشہ مجھے طعنے دیتی تھیں۔

''کیوں اِن خوبصورت لمحات کو بے تکی باتوں میں ضائع کرتے ہیں آپ۔ ان صحراؤں میں بیٹھ کر کیا ملتا ہے آپ کو؟''

'' سکون'' میرا جواب بڑا مختصر ہوتا تھا، لیکن تم مطمئن نہیں ہوتی تھیں۔ جانے کیا چاہتی تھیں۔ جب بھی میں نے تم سے کبھی پوچھا تو پھٹ سے جواب آجاتا تھا۔

''صرف آپ کو۔۔۔''

لیکن جانے کیوں تمہاری باتیں میرے کانوں میں رس گھولنے کا مزا نہیں دیتی تھیں۔ میرے دل کے تار جھنجھنا کیوں نہیں اٹھتے تھے۔ مجھے تمہاری قربت میں کبھی محبت بھی دکھائی نہ دی۔ حالانکہ تم جتنا میرے قریب آ رہی تھی میں اتنا ہی دور جانا چاہتا تھا۔ کچھ تو تھا تمہارے اور میرے بیچ ۔۔۔شاید شک۔۔۔جو تمہارے دل میں میرے خلاف آتش فشاں بنتا جا رہا تھا۔

وقت گزرتا گیا۔ موسموں نے رنگوں پر رنگ چڑھا دیئے، پودے تناور درخت بن گئے، پہلگام کی لیدر میں پیوست اُن بڑے بڑے پتھروں کو (جن پر کبھی ہم بیٹھتے تھے) کسی نے اپنے محبوب کے ساتھ کیمرے میں اُتار دیا اور ہمیشہ کے لئے البم میں قید کر کے اپنے بیڈروم کو سجا دیا، کسی نے جھیل ڈل کی ڈولتی کشتی پر دو فلمی مکالمے کیا سنا دیئے کہ کسی معصوم کی زندگی کو ہمیشہ کے لئے اندھیرے غاروں میں دھکیل دیا۔ مکر و فریب کے بعد کسی نے اپنی محبوبہ کو دھمکا کر اہر بل کی نرم لہروں میں جان دینے پر مجبور کر دیا تو کہیں ایک دوست نے دوسرے دوست کو میٹھے بول بولتے ہوئے سینے میں خنجر گھونپ دیا اور اسے گلمرگ کے کسی پہاڑی غار میں ابدی نیند سُلا دیا۔۔۔۔

جانے خالد حسین شافیعہ سے چاہتا کیا تھا۔ اسے لگ رہا تھا کہ شافیعہ سے شادی کر کے اس نے سب سے بڑی غلطی کی تھی۔ اسے شافیعہ کی آفیسری ایک آنکھ نہیں بھاتی تھی۔ بلکہ وہ اس کی نوکری کو اپنا دشمن سمجھنے لگا تھا۔ حالانکہ پہلے پہل وہ شافیعہ کی بہت مدد کرتا رہتا تھا۔ خاص کر (KAS) کے اے ایس ایگزامز کے دوران وہ شافیعہ کو کوئی کام کرنے نہیں دیتا تھا۔ بلکہ اس کی تیاری میں اس کی ہر چیز کا خیال خود رکھتا تھا۔ اس کی کامیابی کے دن بہت پیار دکھایا۔ اپنے ہاتھوں سے اسے مٹھائی کھلائی اور ایک بڑے ہوٹل میں ڈنر کرایا۔ شکارا میں بیٹھ کر پورے ڈل جھیل کی سیر کرائی۔ لیکن جانے اب یہ کیا ہو گیا تھا۔

'' میں مانتا ہوں کہ میرا فیصلہ غلط تھا۔ ہم جہلم کے دو کنارے تھے جن کا ملنا ناممکن تھا لیکن تمہاری ضد تھی کہ ہمارا ملن ضروری ہے۔ اور وہ

میرا احساس ہی تھا جو تمہاری ضد کے آگے سرنگوں ہو گیا تھا۔''

شافیعہ کے ذہن و دل میں آندھیاں چل رہی تھیں۔ وہ برداشت کے دونوں ہاتھوں سے اپنے اندر کے طوفان کو جکڑ کر رکھ رہی تھی۔ اسے لگ رہا تھا کہ اگر غلطی سے بھی اس نے اظہار کیا تو یہ طوفان اس کی ساری گھر گرہستی کو تنکوں کی طرح بکھرا کر رکھ دے گی۔ اس لئے اف تک نہیں کر پاتی تھی۔ ایک طرف وہ خالد حسین کی بے رخی سے پریشان تھی۔ دوسری طرف اس کے کندھوں پر نوکری کا بوجھ تھا۔ اور تیسری طرف اسے اپنے غریب ماں باپ کی فکر تھی جو مشکل ترین وقت سے گزر رہے تھے۔ وہ اندر سے ٹوٹ رہی تھی۔ بکھر رہی تھی لیکن ایک بے بس مسکراہٹ تھی جو اس نے گھر اور دفتر کے اندر اپنے ہونٹوں پر ثبت کر کے چھوڑ رکھی تھی۔ وہ خاموشی سے خالد حسین کے زہریلے نشتر اپنے سینے پر لے لیتی تھی۔ اسے بتائے بغیر کہ سینے کے اندر اس کا دل کتنا چھلنی ہو رہا ہے۔

''تم حاکم ہوگئی اور میں مزدور کا مزدور ہی رہا۔ میں تمہاری کامیابیوں کی وجہ سے تمہیں گھمنڈی اور مغرور سمجھتا رہا لیکن تم مجھے کامیاب آدمی سمجھتی رہی۔ میرے اثر و رسوخ سے جلتی رہیں۔ میرے دوستوں سے تمہیں حسد تھا۔ شک ناسور کی طرح ہمارے بیچ پنپتا گیا۔ لیکن پھر بھی ہم ایک ساتھ جئے جا رہے ہیں۔''

عجیب جوڑی۔۔۔ آپ سندر میں کوڑھی۔۔۔ ھاھاھا۔۔۔ کیا محاورا ہو گیا۔

خالد حسین کا قہقہہ تیر کی طرح سیدھا شافیعہ کے دل پر لگا۔ لیکن اس کے ہونٹوں پر بے بسی کی مسکراہٹ پھیل گئی جسے دیکھ کر خالد حسین اور زیادہ تلملا اٹھا۔

''بس خالد بس۔۔۔ اس سے زیادہ سہہ نہیں پاؤں گی۔۔۔ میں سمجھ گئی کہ مجھے خود ہی فیصلہ کرنا ہوگا۔ مجھے دو میں سے ایک کو چننا ہے۔ نوکری یا آپ۔''

خالد حسین سنجیدہ ہو گیا۔ اور ہکا بکا ہو کر اسے دیکھنے لگا۔

''میں نوکری چھوڑ دیتی ہوں۔۔۔ میں جانتی ہوں کہ میری نوکری چھوڑنے سے میرے غریب ماں باپ مشکل میں پڑ جائیں گی۔ میری ماں جو دمہ کی مریضہ ہے، اس کی دوائی نہیں لا پاؤں گی اور میرا ڈیڈی جس کا کڈنی فیلئر ہو چکا ہے، اس کی ڈائیلسس نہیں کروا پاؤں گی۔ لیکن میں آپ کے بغیر بھی جی نہیں پاؤں گی۔ نہیں جی پاؤں گی۔ میں نے دل سے آپ کو چاہا ہے۔'' شافیعہ کی آنکھوں سے آنسوں کا سیلاب امڈ آیا جنہیں سالوں سے اس نے روک کے رکھا تھا۔ خالد حسین نے قلم کو رائٹنگ ٹیبل پر دے مارا اور کرسی سے اٹھ کھڑا ہوا۔ شافیعہ کو سینے سے لگایا اور رندھی ہوئی آواز میں صرف اتنا ہی کہہ پایا۔

''نا۔۔۔ نا پگلی نا۔۔۔''

''میں مر جاؤں گی خالد۔ مجھے آپ کے بغیر نہیں جینا''

ایسا نہیں بولتے۔ تم تو بہادر ہو۔ میں ہی کمزور آدمی ہوں۔ دراصل میں احساس برتری کا شکار ہوں۔ اور تم جانتی ہو نا کہ احساس برتری اصل میں کیا ہوتی ہے۔۔۔ احساس کمتری سے بھی نچلا درجہ۔۔۔ کم تر۔۔۔ بس وہی کمتر انسان ہوں میں''

اس کی انگلیاں بڑی تیزی کے ساتھ شافیعہ کے بالوں کو سہلا رہی تھیں اور شافیعہ کی روتے روتے ہچکی بندھ چکی تھی۔

000

ریلا

پروفیسر اسلم جمشید پوری

وہ ہمیشہ ہی سادگی کو پسند کرتی تھی۔اس کا روزمرہ بھی بہت سادہ تھا۔مگر اس میں بلا کی کشش اور جاذبیت تھی۔وہ گاؤں کے نوجوانوں کے دلوں پر راج کرتی تھی۔اس کی جوانی نے نوجوانوں کے ساتھ ساتھ عمر رسیدہ لوگوں کے بھی ہوش اڑا دیے تھے۔جب وہ گھر سے نکلتی تو سبھی اس کی ایک جھلک کو بے تاب رہتے۔ایک تو اس کا رنگ صاف تھا،اوپر سے سادگی نے سونے پر سہاگہ والی بات سچ ثابت کر دی تھی۔مگر اس کی اپنے آپ سے بے خبری نے کتنوں کو اس کا دیوانہ بنا رکھا تھا۔اسے یہ بھی خبر نہیں تھی کہ زمانہ اس کا دیوانہ ہے۔اس کا ریلا پن،اس کی معصومیت کو مزید صیقل کرتا تھا اور اسے ایک الہڑ دوشیزہ ثابت کرتا تھا۔

پوجا رانی نے گاؤں کشن پور میں آشا دیوی کے یہاں آنکھ کھولی تھی۔اس کے والد دیپ داس نے بڑے ارمانوں سے اسے پالا تھا۔مگر اس کا باؤلہ پن اس کے والدین کیلئے پریشانی کا سبب تھا۔کشن پور میں سبھی دھرموں کے لوگ رہتے تھے۔گاؤں کے باہر منڈیا میں دلت طبقے کے لوگوں کے گھر تھے۔یہ پورے گاؤں کی صفائی ستھرائی کرتے،محنت مزدوری کرتے اور کسی طرح اپنا اور اپنے بچوں کا پیٹ پالتے۔اس کے والدین بلکہ کئی پشتوں کے لوگ گاؤں کے گھر گھر صفائی ستھرائی کا کام کرتے تھے۔پانچویں چھٹی تک اسے گاؤں کے اسکول میں پڑھانے کے بعد اس کے والدین نے ایک واقعے کے سبب،اس کی تعلیم ترک کر کے گھر بٹھا لیا تھا۔

☆

ہوا یوں کہ اس کی کلاس میں گاؤں کے پردھان حکم سنگھ کا بڑی عمر کا لڑکا پڑھتا تھا۔ادھو سنگھ کئی بار کلاس میں فیل ہو چکا تھا۔دراصل وہ پڑھتا وڑھتا تو نہیں تھا،صرف شرارت کرتا تھا۔کسی بھی لڑکی کو پکڑ لیتا اور اس سے بدتمیزی کرتا۔ماسٹر سے بھی ڈرتا نہیں تھا۔اس کے چند اوباش قسم کے دوست تھے۔وہ سب مل کر خوب ہنگامہ کرتے۔کسی بھی لڑکے کو مارتے،کسی لڑکی کو چھیڑتے اور کسی کو بھی گالیاں بکتے۔پوجا پڑھنے میں پھسڈی تھی،یہاں بھی اس کا پاگل پن حاوی تھا۔سبھی ٹیچرز جانتے تھے کہ پوجا ایک کند ذہن بچی ہے۔

اس بار ادھو اور اس کے دوستوں نے پوجا کو بیت الخلا کی طرف دبوچ لیا۔

’’ارے یہ کیا کر رہے ہو؟‘‘پوجا کو کچھ دیر بعد سمجھ میں آ گیا۔

’’مجھے چھوڑ دو بھیا۔۔‘‘

’’آج تیری پوجا ارچنا کریں گے۔۔‘‘

’’میں ایسی لڑکی نہیں ہوں۔۔‘‘پوجا نے گڑگڑاتے ہوئے کہا۔مگر ان پر تو نشہ سوار تھا۔ان میں سے ایک بولا۔

’’سبھی لڑکیاں یہی بولتی ہیں۔۔‘‘ایک نے آگے بڑھ کر اس کا دوپٹہ اتار کر دور پھینکتے ہوئے کہا۔’’اب ہم سے کوئی بچا نہیں پائے گا‘‘۔

پوجا نے چاروں طرف سے خود کو گھرا ہوا پایا۔تو گھبرا کر رونے لگی۔ وہ ان کی نیت کو سمجھ گئی تھی۔اس کی سمجھ میں کچھ نہیں آ رہا تھا۔ادھو سنگھ آگے بڑھ رہا تھا۔اور اسے گھسیٹ کر لے جانے لگا۔پوجا نے لمحے کے سویں حصے میں فیصلہ کیا اور اس پر عمل بھی۔اس نے زور سے ادھو سنگھ کے بازو میں اپنے دانتوں سے سخت حملہ کیا اور زور سے چلائی۔

''بچاؤ۔۔۔بچاؤ''

ادھواوراس کے دوست اس حملے کے لئے تیار نہ تھے۔وہ تو پوجا کو ایک کمزور اور دبو قسم کی لڑکی سمجھ رہے تھے۔ویسے بھی پوجا کا تعلق سماج کے اس طبقے سے تھا،جس میں پردھان کے کسی بھی ظلم کے خلاف سر اٹھانے کی ہمت نہیں تھی۔پوجا نے چلّانے کے ساتھ پوری طاقت سے اسکول آفس کی طرف دوڑنا شروع کر دیا۔ادھو کے دوست اس کے پیچھے لپکے بھی۔لیکن وہ پوجا کو پکڑ نہ سکے۔پوجا کے پورے جسم میں پر، سے اگ آئے تھے،مانو وہ دوڑ نہیں اڑ رہی ہو۔اس نے ہیڈ ماسٹر کے کمرے میں رک کر ہی سانس لی۔اس کی سانس تیز تیز چل رہی تھی۔ہیڈ ماسٹر اپنی سیٹ سے اٹھ کھڑے ہوئے۔انہیں معاملہ سمجھتے دیر نہ لگی۔وہ پوجا کی حالت دیکھ کر ہی سب کچھ سمجھ گئے تھے۔پوجا نے ادھواوراس کے دوستوں کی نازیبا حرکتوں کے بارے میں ہیڈ ماسٹر کو بتایا۔ہیڈ ماسٹر کے چہرے پر مختلف رنگوں کا آنا جانا لگا ہوا تھا۔وہ آگ ببولا ہو کر آفس میں ادھر سے ادھر ٹہل رہے تھے۔ان کے نتھنے پھول اور سکڑ رہے تھے۔وہ ادھواوراس کے دوستوں کے خلاف کچھ بھی نہیں کر سکتے تھے۔

☆

ایک بار جب وہ نئے نئے آئے تھے۔ادھواوراس ساتھیوں نے ایک دلت لڑکے کو بہت مارا تھا۔انہوں نے ادھواوراس کے دوستوں کے خلاف زبردست ایکشن لیا تھا۔انہوں نے ادھواوراس دوستوں کی قیچی سے خبر لینی چاہی،لیکن سب بھاگ گئے تھے۔ہیڈ ماسٹر نے چار دنوں کے لئے ان کے اسکول آنے پر پابندی لگا دی تھی۔اس کا انجام یہ ہوا کہ اسی دن شام کو اسے پردھان نے بلا بھیجا۔وہ جب پردھان حکم سنگھ کی بیٹھک پر پہنچے تو وہاں سینکڑوں لوگ جمع تھے۔گاؤں والوں نے پردھان حکم سنگھ کے جلوے دیکھے تھے،وہ کئی بار سے پردھان منتخب ہو رہے تھے۔حکم سنگھ کے حکم کے بغیر گاؤں میں پتہ بھی نہیں ہلتا تھا۔گاؤں والے حکم سنگھ کے رعب داب کے سینکڑوں واقعات دیکھ چکے تھے۔آج گاؤں کے اسکول کے ہیڈ ماسٹر کو بلوایا گیا تھا۔

''آبے۔۔۔ہیڈ ماسٹر۔۔''

حکم سنگھ نے کچھ اس قدر تحقیر سے اسے بلایا،کہ اس کا ماتھا ٹھنکا۔اسے ادھواوراس کے دوستوں کے ذریعہ دلت لڑکے کی پٹائی اور اس خود کے ایکشن کی ایک ایک بات یاد آ گئی۔وہ بیٹھک پر بھیڑ دیکھ کر معاملے کی نزاکت سمجھ گئے تھے۔اس نے پردھان کے بڑے زمین دار ہونے اور سیاسی تعلقات کے بارے میں سن رکھا تھا۔وہ اندر اندر کانپ رہے تھے،مگر ان کے ضمیر اور اخلاق نے ان کی ہمت بندھا رکھی تھی۔وہ نجانے کیا کیا سوچ رہے تھے کہ اسی وقت پردھان کی آواز بلند ہوئی۔

''کیوں بے۔۔ہیڈ ماسٹر زیادہ چربی چڑھ گئی ہے۔تو ہمارے بیٹے کے خلاف ایکشن لیا۔۔تیری ہمت کیسے ہوئی۔۔؟''

''ادھواوراس کے دوستوں نے ایک لڑکے کو بے قصور مارا تھا۔۔۔''ہیڈ ماسٹر کا ضمیر ہمت کر کے بول پڑا۔اتنا سننے کی تاب پردھان میں کہاں تھی۔اسے محسوس ہوا کہ ہیڈ ماسٹر نے اس کی بے عزتی کر دی ہے۔وہ تو ہیڈ ماسٹر کو دو کوڑی سے زیادہ کا نہیں سمجھتا تھا۔اس کے سامنے کسی نے جواب دینے کی ہمت نہیں تھی۔اس کی بیٹھک پر جمع لوگ کیا سمجھیں گے۔میرے بیٹے نے کچھ بھی کیا،کبھی کسی کی سزا دینے کی ہمت نہ ہوئی۔وہ آگ ببولا ہوتے ہوئے ہیڈ ماسٹر سے مخاطب ہوا۔

''ایک تو میرے بیٹے کو سزا دیتے ہو ماسٹر،دوسرے منھ لڑاتے ہو۔تمہیں اس کا انجام پتہ نہیں۔''

اور غیر متوقع طور پر پردھان کے ایک اشارے پر دو چار مشٹنڈوں نے ہیڈ ماسٹر کو دبوچا اور گھسیٹتے ہوئے پردھان کے قدموں میں لا کر ڈال دیا۔ہیڈ ماسٹر نے کھڑے ہو کر اپنے کپڑے جھاڑتے ہوئے خفگی کے ساتھ کہا۔

''یہ کیا بدتمیزی ہے۔۔۔۔''

ابھی ان کا جملہ پورا بھی نہیں ہوا تھا کہ دو مشٹنڈے لپکے،لیکن پردھان کے اشارے پر وہیں کے وہیں جم کر رہ گئے گویا پردھان نے ''اسٹیچو'' کہہ دیا ہو۔ پردھان کو ماسٹر کی ہمت پر حیرانی ہو رہی تھی۔اب تک کوئی ماسٹر ایسا نہیں آیا تھا،جس نے اس کے سامنے کھڑے ہونے کی بھی جرأت کی ہو۔ ہو نہ ہو اس کی کوئی پشت پناہی کر رہا ہو۔ ہوسکتا ہے کوئی سیاسی ہاتھ اس کے پیچھے ہو۔اچانک وہ پھر اپنی جگہ میں واپس آ گیا۔کوئی بھی اس کے پیچھے ہو آج اسے سبق سکھانا بہت ضروری ہے۔اگر اسے آج سبق نہیں سکھایا تو گاؤں والوں کے سامنے میری عزت خاک میں مل جائے گی اور کوئی بھی میرا رعب داب نہیں مانے گا۔دوسری طرف ہیڈ ماسٹر کے دل میں بھی عجیب وغریب خیالات آ رہے تھے۔پردھان ہوگا اپنے گھر کا،سمجھتا کیا ہے خود کو۔ میں سر کاری افسر ہوں۔اپنی بے عزتی کو میں برداشت نہیں کر سکتا۔ابھی وہ سوچ ہی رہا تھا کہ پردھان نے غصے میں آ کر اس کے گال پر کئی طمانچے رسید کر دیے ۔ہیڈ ماسٹر خاموشی سے اٹھ کر چلا آیا کہ وہاں رکنا اپنی اور بے عزتی کرانی تھی ۔ پردھان کی دھمکیاں بہت دور تک اس کا پیچھا کرتی رہیں۔اس نے تھانے پہنچ کر پردھان کے خلاف رپورٹ درج کروادی۔اور ایک مہینے کی چھٹی لے کر اپنے گاؤں چلا گیا۔

☆

ایک ماہ بعد جب وہ آیا تو تھانے دار نے رپورٹ واپس لینے اور سمجھوتہ کرنے کا دباؤ بنایا۔روز روز کے پولس اور عدالتوں کے چکر لگانے سے بہتر اس نے رپورٹ واپسی کے کاغذات پر دستخط کر دیے۔مگر پردھان کے پاس نہیں گیا۔خود کو حالات کے سپرد کر دیا۔اور خود کے ٹرانسفر کی کوششیں تیز کر دیں۔وہ ماضی کے صحرا سے نکل کر حال میں آ گئے ۔پوجا کی حالت دیکھ کر وہ سب سمجھ گئے تھے۔ادھو اور اس کے دوستوں کے حوصلے کافی بڑھ گئے تھے۔وہ خود کو بے بس اور مجبور پا رہے تھے کہ علاقے کا تھانیدار بھی پردھان کا ہی آدمی تھا۔

☆

گھر پہنچنے پر پوجا کی حالت دیکھ کر آشا گھبرا گئی تھی۔مگر پورا واقعہ سن کر اس نے اپنی بیٹی ، جسے لوگ ریلا سمجھتے تھے،کی پیٹھ تھپ تھپائی۔شام کو جب دیپ داس گھر آیا تو آشا نے پورے واقعے کی تفصیل بتائی۔تو دیپ غصے کے مارے کمرے میں ٹہلنے لگا۔اس کا چہرہ سرخ ہو رہا تھا۔انسان جب مخالف کا کچھ بھی نہیں کر پاتا ہے۔تو اس کا غصہ اپنے اوپر ہی اترتا ہے۔مارے غصے کے اس کا برا حال تھا۔اس کی زندگی کے دیپ کی لو تھر تھرا رہی تھی۔پردھان کا معاملہ نہ ہوتا تو وہ آج اپنی بیٹی کی عزت پر ہاتھ ڈالنے والے کے ہاتھ قلم کر دیتا۔اس کا قتل کر دیتا۔

دونوں سر جوڑ کر مسئلے کا حل ڈھونڈنے لگے۔یہ طے پایا کہ پوجا کا اسکول جانا بند کرا دیا جائے۔اور دونوں نے اپنی بیٹی کو سب کچھ سمجھا دیا۔پوجا کبھی بھی اپنے والدین کے خلاف نہیں جاتی تھی۔اسے ادھو اور اس کے دوستوں پر بہت غصہ تھا کہ ان کی حرکتوں نے اس کی تعلیم ادھوری چھڑوادی۔اس کے سارے خواب ادھورے رہ گئے۔لیکن انسان کی سب سے قیمتی شئے عزت ہوتی ہے۔گاؤں کے غریبوں کے پاس عزت ہی تو ہوتی ہے،جس سے وہ غریب ہو کر بھی باعزت زندگی گذارتے ہیں۔

☆

ادھو اور اس کے دوستوں کے ارمان ادھورے رہ گئے تھے۔گویا کسان کی امید بادل، بن برسے گذر گئے ہوں۔کھیتوں ،کھلیانوں،راستوں سے اڑتی دھول،ادھو کے ارمانوں کی چادر پر جم گئی ہو۔ایک معمولی سی لڑکی نے انہیں چکمہ دے دیا تھا۔ایک معمولی سی لڑکی ۔۔گاؤں اور خاص کر پردھان کے رحم وکرم پر اس کا پورا خاندان زندگی گذارتا تھا۔اس کی اتنی ہمت کہ وہ ہم کو کسی کام کے لئے نہ صرف منع کرے بلکہ ہمیں زخمی بھی کر دے۔پوجا،جوریلا تھی کے اندر اتنی ہمت کہ وہ ہمارا سامنا کرے۔

مغرب کی طرف سے اٹھنے والے سیاہ بادلوں نے گاؤں کا پورا آسمان ڈھک لیا تھا۔دن میں رات کا منظر زندہ ہو گیا تھا۔فصلوں اور درختوں کے جھنڈ یوں محسوس ہو رہا تھا،گویا کالے دیو ہوں جو گاؤں میں بڑی تباہی لانے کے لئے بے تاب ہوں۔تھوڑی ہی دیر میں بارش ہونے

لگی۔ پورے گاؤں میں جل تھل ہو گیا تھا۔ چھتوں کے پتنالے بھر بھر کر گر رہے تھے۔ کھیت، راستے وغیرہ سب لبالب ہو گئے تھے۔ برسات میں یوں بھی گاؤں کی زندگی زیادہ مشکل ہو جاتی ہے۔ ادھر ادھوا اور اس کے دوست پوجا سے انتقام لینے کے فراق میں تھے، ایسا انتقام کہ دنیا یاد رکھے۔ ادھوا سکول کی بات یاد کر کے تلملا جاتا، اپنے آپ پر غصہ کرتا۔ دل مسوس کر رہ جاتا۔

ادھوا اور اس کے ساتھی پوجا اور اس کے گھر والوں کو سبق سکھانے کے لئے موقع کی تلاش میں تھے۔ وہ اسکول بھی چھوڑ چکے تھے۔ پوجا جوانی میں داخل ہو رہی تھی۔ اس کی اٹھان عمر سے زیادہ تھی۔ وہ ابھی عمر کے پندرہویں پائیدان ہی چڑھی تھی مگر اٹھارہ برس سے کم کی نہیں لگتی تھی۔ اس کا پاگل پن بھی کچھ کم ہوا تھا۔ اس کی لمبائی مانو سرو کا پیڑ ہو، اس کا چہرہ گول مٹول، عارض پہ ایسی چمک کہ دیکھنے والا دیکھتا ہی رہ جائے۔ آنکھیں ایسا لگتا گہرا سمندر ہو، جو ڈوبا سو ڈوب گیا۔ ابرو جیسے کمان کا خم ہوں، اور پلکیں ایسی جھالر جو اٹھیں تو سویرا ہو جائے اور جھکیں تو شب کا اندھیرا چھیل جائے۔ ہونٹ لگتا تھا رس سے بھری ہوئی سنگترے کی قاشیں ہوں کہ ذرا سا چھوا تو رس ٹپک پڑے گا۔ دانت گویا سفید چمک دار موتی ہوں۔ لمبے لمبے کالے بال، جنہیں ناگن سے تشبیہ دی جا سکتی ہے۔ ان تمام کے ساتھ جوانی کی رونقیں۔ گویا سونے کی انگوٹھی میں نیلم جڑ دیا گیا ہو۔ چال کی مست خرامی دیکھتے ہی بنتی تھی۔ حسن بے پرواہ، ہو تو پرواہ کرنے والوں کی کمی نہیں رہتی۔ پوجا کے ساتھ بھی یہی معاملہ تھا۔ اسے خود کو پتہ نہیں کہ وہ کتنی قاتل ہے۔ اور اس پر مر مٹنے والوں کی تعداد کتنی ہے۔ کتنے لوگ تھے جو اس کی پوجا کا ارمان دل میں پالے ہوئے تھے اور کئی تو اسے اپنے دل کی رانی بنانے کا خواب دیکھ رہے تھے۔

ان سب باتوں سے بے پرواہ پوجا ہمیشہ اپنے آپ میں مگن رہتی۔ سادگی ہی اس کا زیور تھا کہ وہ غریبی کے ہاتھوں پلی تھی۔ اس کے ماں باپ دن بھر محنت مزدوری کرتے، دوسروں کے گھر صفائی، ستھرائی کرتے اور بڑی مشکل سے گھر چلاتے تھے۔ انہیں پوجا کے جوان ہوتے جسم کی فکر تھی۔ وہ اب اس کا زیادہ خیال رکھتے۔ جب سے ادھونے پوجا کے ساتھ غلط کرنے کی کوشش کی تھی، وہ ڈر گئے تھے۔ انہیں ہر وقت لگتا کہ کہیں سے ادھو نہ آ جائے۔ اسی لئے ان دونوں نے ایسا روٹین بنایا تھا کہ ایک نہ ایک گھر پر موجود ہوتا اور پوجا کے ساتھ ساتھ ہر جگہ جاتا۔ حتیٰ کہ جب وہ حاجت کے لئے کھیتوں میں جاتی، تو اس کی سہیلیوں کے ساتھ اس کی ماں بھی ہوتی۔ اور ہر آہٹ پر کان لگائے رکھتی۔

☆

وقت کا پرندہ محو پرواز رہا۔ پوجا گذرتے وقت کے ساتھ جوانی، حسن اور سادگی کا ایسا امتزاج بنتی گئی کہ دیکھنے والے دیکھتے ہی رہ جاتے۔ پوجا کلی سے پھول بننے کے دور سے گذر رہی تھی۔ آشا کو اس کی کافی فکر تھی۔ وہ پوجا کو ہر نشیب و فراز سمجھاتی۔ یہاں تک کہ وہ جوان ہونے والی لڑکیوں کی ہر بات اسے سمجھاتی۔ اسے اس کی جوانی اور اٹھان فکر مند کرتی رہتی۔ وہ پوجا کا ہر طرح کا خیال رکھتی۔ اسے لڑکوں کے قریب بھی پھٹکنے نہیں دیتی۔ کئی بڑے گھروں سے پوجا کے لئے کام کی آفر آئی مگر آشا نے سب کو منع کر دیا تھا۔ وہ زمانے کو جانتی تھی۔ پوجا کو وہ ہر بری نظر سے محفوظ رکھنا چاہتی تھی۔ اس نے تو کسی طرح اپنی زندگی گذار دی تھی، اسے اپنے اوپر ہوئے ظلم و ستم یاد آ گئے۔ وہ پردھان اور گاؤں کے امیروں کے چال چلن اور کردار سے خوب واقف تھی۔ ان کی کمزوری بھی جانتی تھی۔ جو کچھ بے عزتی اور استحصال وہ سہہ چکی تھی، اپنی بیٹی کو اس جہنم سے دور رکھنا چاہتی تھی۔ یوں بھی پوجا ابھی بھی بہت سے معاملات سے واقف نہ تھی۔ اس کا پاگل پن کچھ کم تو ہوا تھا لیکن اب بھی وہ نری ریلا کی ریلا ہی تھی۔

ادھو کے دل و دماغ میں پوجا بسی ہوئی تھی۔ وہ ایک بار اسے حاصل کرنا چاہتا تھا۔ اس نے کافی ترکیبیں استعمال کیں۔ کئی طرح کے جال بچھائے مگر سب کو آشا کی حاضر دماغی نے ناکام بنا دیا تھا۔ اب وہ موقع کی تلاش میں تھا۔ اور قسمت نے اسے وہ موقع عطا کر دیا تھا۔ ہوا یوں کہ آشا کے بھائی کی ایک حادثے میں موت واقع ہو گئی تھی۔ اور دیپ داس پردھان سے ایک دن کی بات کہہ کر گیا تھا۔ کہ وہ روزانہ اس کے گھر کی صفائی ستھرائی کا کام کرتا تھا۔ پردھان کے یہاں ٹوائلیٹ بن چکی تھی۔

☆

آشا نے پوجا کو ہر طرح سمجھا دیا تھا کہ وہ دروازہ نہ کھولے، خواہ کوئی بھی ہو۔ اس نے بیٹی کو ہر اونچ نیچ بتایا تھا۔ مگر پوجا کے لئے وہ رات کسی قیامت سے کم نہیں تھی۔ اسے بہت ڈر لگ رہا تھا۔ نجانے رات کا کون سا پہر تھا کہ اس کے آنگن میں چند سائے اتر آئے تھے۔ اس نے زور سے پکارا۔

''کون ہے۔۔'' کوئی آواز نہیں آئی۔

اس نے باہر آنگن میں جھانکنے کے لئے جوں ہی دروازہ کھولا۔ کئی سایوں نے اسے دبوچ لیا تھا۔ وہ تعداد میں پانچ تھے۔ اس نے بہت ہاتھ پیر مارے۔ چیخنا اور چلانا چاہا مگر ان میں سے ایک نے کپڑے سے اس کا منھ بند کر دیا تھا۔ پہلے ایک لڑکے نے اس کی عصمت کی بخیہ ادھیڑی۔ اس کے ہاتھ پیر باندھ دیے گئے تھے۔ وہ سب نقاب پوش تھے۔ مگر ایک نے ادھو کا نام لیا تو اس کے کانوں تک بھی آواز آ گئی۔ سب نے اس کے جسم کو بے دردی سے روندا۔ وہ بے ہوش ہو گئی تھی۔ اس کے جسم پر لباس کی جگہ خراشیں تھیں۔ کئی جگہ سے خون بھی رس رہا تھا۔ اسے بے ہوش اور بے لباس چھوڑ کر سائے روپوش ہو گئے تھے۔ اس کی قسمت میں اندھیرا ہی اندھیرا تھا۔ اس کے چاروں طرف اندھیرا چھایا ہوا تھا۔ وہ بے ہوش تھی۔ اس کے سارے جسم میں درد کی لہریں سمائی تھیں۔ جو رہ رہ کر اس کو بے پناہ تکلیف پہنچا رہی تھیں۔ اسے صبح اس وقت ہوش آیا جب کوئی دروازے کی کنڈی زور زور سے بجا رہا تھا۔ ساتھ ہی اس کا نام لے کر پکار رہا تھا۔ یہ اس کی ماں کی آواز تھی۔

''پوجا۔۔پوجا۔۔۔''

''بیٹی۔۔اٹھو۔۔دروازہ کھولو۔۔''

اس نے خود پر ایک نظر ڈالی۔ اس کے جسم پر لباس نہیں تھا۔ اس نے کسی طرح اپنا جسم چادر سے ڈھکا اور گھسٹتے ہوئے دروازے تک پہنچی۔ بڑی مشکل سے کنڈی کھولی اور وہیں گر پڑی۔ آشا جلدی سے اندر داخل ہوئی اور پوجا کو چارپائی تک لے گئی۔ اس کے تو اوسان خطا ہو گئے۔ اس نے پوجا کے والد کو بلایا۔

''سنتے ہو پوجا کے باپو۔۔ہم لٹ گئے، برباد ہو گئے۔۔''

آنسو اس کی آنکھوں سے رک نہیں رہے تھے۔ پھر بھی وہ پوجا سے پوچھنے لگی۔

''پوجا کون تھا وہ حرامی۔۔جس نے تیرا یہ حال کیا ہے۔۔؟''

''ماں ادھو اور اس کے۔۔'' اس کا جملہ بھی پورا نہیں ہوا تھا کہ وہ پھر بے ہوش ہو گئی۔۔

''پوجا کے باپو۔۔پوجا کو فوراً اسپتال میں داخل کرنا ہوگا۔۔''

وہ روئے جا رہی تھی، اس کے آنسو اور بیٹی کی حالت دیکھ دیپ کی امیدوں کی لو کانپنے لگی تھی۔

کسی طرح پوجا کو اسپتال میں داخل کیا گیا۔ اور دیپ نے تھانے میں ادھو کے نام رپورٹ لکھوا دی۔ پوجا کو کبھی ہوش آ جاتا اور کبھی وہ بے ہوش ہو جاتی۔ اسے اندرونی طور پر کافی چوٹ آئی تھیں۔ ہوش آنے پر اس نے پولس کو بیان دے دیا تھا۔ ادھو کے ساتھ پردھان حکم سنگھ بھی پریشان ہو گئے تھے۔ پولس کئی بار پردھان کے گھر آ چکی تھی۔ پردھان اپنی حکمت اور سیاسی تکڑم لگانے میں مصروف تھا۔ اس نے سب سے پہلے ادھو اور اس کے دوستوں کو ممبئی اپنے ایک رشتہ دار کے یہاں بھیج دیا۔ پھر پولس والوں کا منھ بند کیا۔ اور علاقے کے بارسوخ اور امیروں سے رابطہ کر کے ایک پنچائت بلوائی۔ پنچائت میں دیپ داس کو بھی بلوایا گیا۔

☆

''بھئی پنچو۔۔ بڑا گمبھیر مسئلہ ہے۔دیپ کا کہنا ہے کہ چند نقاب پوشوں نے ان کے گھر گھس کر اس کی بیٹی کی اجتماعی عصمت دری کی ہے۔''

''وہ نقاب پوش ادھوا اور اس کے دوست تھے۔'' دیپ بھری پنچائت میں پھٹ پڑا۔

''اچھا۔۔اچھا۔۔مان لیا۔۔لڑکی نے پولس کو بھی یہی بیان دیا ہے۔۔ٹھیک ہے۔۔پر یہ پورے گاؤں کی عزت کا معاملہ ہے۔۔''

''کیا میری بیٹی گاؤں کی بیٹی نہیں ہے؟ اس کی عزت بھی گاؤں کی عزت ہے۔۔'' دیپ داس نے غصے میں آتے ہوئے کہا۔

''دیکھو۔۔وہ بھی ہماری بیٹی ہے۔۔مگر اب جو ہو چکا، وہ ہو چکا۔۔اب اس کا حل نکالنے کو پنچایت بیٹھی ہے۔۔''

''حل تو صاف ہے کہ پولس کو اپنی کاروائی کرنے دو۔۔''

''ہم چاہتے ہیں کہ سارا معاملہ یہیں ختم ہو جائے، پولس تک بات نہ جائے۔۔گاؤں میں کبھی پولس نہیں آئی ہے''

سارے پنچوں کا دباؤ دیپ پر تھا۔ پورے مجمع پر سکوت طاری تھا۔ سب کی نگاہیں اس کی جانب اٹھی ہوئی تھیں۔ پردھان حکم سنگھ کو تو جیسے سانپ سونگھ گیا ہو۔ وہ بھیگی بلی بنا بیٹھا تھا۔ اس کی نظریں بھی جھکی ہوئی تھیں۔ دیپ داس آج خود کو منصف سمجھ رہا تھا۔ زمانہ اس کے قدموں میں پڑا تھا۔ پوری پنچایت، یہاں تک کہ پردھان بھی اس کی رضامندی کے منتظر تھے۔ یہ وہی پردھان تھا جس کے پیشاب میں کبھی چراغ جلا کرتے تھے۔ جس کے رعب داب کا کیا کہنا۔ مگر آج وہی پردھان نظریں نیچے کئے، خاموش اس کے جواب کا منتظر تھا۔ پردھان کی عزت آج اس کے ہاتھ تھی۔ وہ جو کہتے ہیں نا کہ کبھی کے دن بڑے تو کبھی کی رات بڑی۔ سب دم سادھے اس کا جواب سننے کے منتظر تھے۔

پنچوں میں سب سے عمر دراز نے کہنا شروع کیا۔

''دونوں طرف کے بیان کے بعد ہم اس نتیجے پر پہنچے ہیں کہ دیپ کی بیٹی کے ساتھ بہت بڑا ظلم ہوا ہے۔ ہم سب اس سے ہمدردی رکھتے ہیں۔ مگر جو ہونا تھا وہ ہو گیا۔ وہ لوٹ کے نہیں آنے والا۔۔''

سب سے عمر دراز پنچ یعنی سرپنچ کی آواز کچھ لمحوں کے لئے رکی۔ پنچایت گھر جو کھچا کھچ بھرا ہوا تھا، کی سانسیں بھی رکی ہوئی تھیں۔ ہوا رکی ہوئی تھی جیسے وہ بھی دم سادھے فیصلے کی منتظر ہو۔ پنچایت میں دیپ کی برادری کے لوگ بھی خاصی تعداد میں تھے۔ کچھ دیر بعد سرپنچ کی آواز پھر بلند ہوئی۔

''ہم سب پنچ اس نتیجے پر پہنچے ہیں کہ قصوروار کو سزا ضرور ملنی چاہئے۔۔۔اں ۔ہاں۔کھوں۔۔کھاں'' تھوڑی دیر وہ کھانستا رہا، آواز صاف کر کے پھر بولا۔

''سزا نمبر ایک۔۔ادھوا اور اس کے دوست چھ ماہ تک گاؤں بدر رہیں گے۔۔سزا نمبر دو پردھان، دیپ کی بیٹی کی شادی کے لئے ایک لاکھ روپے نقد دیں گے۔ سزا نمبر تین پردھان، پوجا بیٹی کے علاج کے لئے پچیس ہزار دیں گے۔۔۔''

''واہ واہ۔۔''

''کیا فیصلہ دیا ہے''

''پنچوں نے تو کمال ہی کر دیا۔''

فیصلے پر پردھان ناراض تھا۔ مگر پنچوں کے فیصلے کو چیلنج کرنا، ایک بہت بڑی بات تھی۔ پنچایت حقہ پانی بھی بند کر سکتی تھی۔ دیپ کی برادری کے بہت سے لوگ بھی فیصلے سے مطمئن تھے۔ دیپ خود پنچایت کے فیصلے سے متفق نہیں تھا۔ اس کے اندر ایک جوالا بھڑک رہی تھی۔ وہ پردھان اور اس کے بیٹے کا قتل کر دیتا۔ مگر انسان سماج کے سامنے کتنا مجبور ہے۔ وہ چاہ کر بھی کچھ نہیں کر سکتا۔ دیپ کے لئے پنچایت کا ہر فیصلہ فضول تھا، وہ تو

پردھان کے بیٹے اور دوستوں کو جیل کی سلاخوں کے پیچھے دیکھنا چاہتا تھا۔ پر سماج کے خلاف جانے کی اس کے اندر ہمت نہیں تھی۔ اور پھر اسے یک مشت سوالا کھ روپے ملیں گے۔ سوالا کھ، اتنی تو وہ شاید گنتی بھی نہیں جانتا تھا۔ اس کی بیٹی کا علاج اور شادی شان سے ہو سکتی ہے۔ اس کی برادری کے لوگ بھی فیصلہ کے حق میں تھے۔ وہ خاموش ہی رہا۔ جبکہ پردھان فیصلے پر تلملا رہا تھا۔ اتنے میں سرپنچ کی آواز پھر ابھری۔

''دونوں پکش کو فیصلہ منظور ہے۔۔۔''

پنچایت گھر میں خاموشی اور سناٹا پسرا تھا۔ ادھر آسمان پر پرندوں کی ایک ڈار تیزی سے گذری۔ اگر یہ خاموشی پانچ منٹ طویل ہو جاتی ہے تو پنچایت مان لیتی ہے کہ فیصلہ دونوں کو منظور ہے۔ جب خاموشی طویل ہوگئی تو سرپنچ کی آواز ابھری۔

''اب وقت ہوگیا۔ حکم سنگھ! جاؤ پیسہ لے کر آؤ۔۔۔''

کچھ ہی دیر میں پردھان کے کارندے پیسہ لے کر حاضر ہوگئے۔ اور پورے سوالا کھ روپے سرپنچ کے حوالے کر دیے۔ سرپنچ نے پیسے دیپ داس کو دے کر ایک کاغذ پر تحریر لکھ کر دیپ کے انگوٹھے کا نشان اور پردھان کے دستخط کرا لئے۔ دونوں کے درمیان سزا اور پیسے کے عوض سمجھوتہ ہو گیا تھا۔ پیسہ لے کر جب دیپ اپنے گھر کی جانب چلا تو اسے روپوں کی گڈی میں تڑپتی ہوئی پوجا نظر آئی۔ اس نے تیز قدموں سے گھر پہنچ کر پیسے سنبھال کر رکھے۔

☆

کچھ دن بعد پوجا گھر آ گئی تھی۔ اسے جب پتہ چلا کہ اس کے باپو نے سوالا کھ لے کر اس کی عصمت کا سمجھوتہ کر لیا ہے، تو اسے بڑی تکلیف ہوئی۔ اسے مرد ذات سے ہی نفرت ہوگئی۔ ایک نے اس کی عزت تار تار کی تو پنچوں نے سوالا کھ اس کی عزت کی بولی لگائی۔ ایک نے پیسے دیے، دوسرے نے خاموشی سے پیسے لے لئے۔ قصہ ختم۔ ایک کنواری لڑکی کی عصمت کی قیمت سوالا کھ۔۔ واہ ری دنیا۔ اسے ساری دنیا ایک طوائف خانہ لگی جہاں سوالا کھ میں ایک کنواری دوشیزہ کی عزت نیلام ہوتی ہے۔ اور سماج اس کی مخالفت کرنے کے بجائے ایسا کرنے میں مدد کرتا ہے۔ اسے ایسی پنچایتیں بھی چنڈو خانے سے کم نہیں لگ رہی تھیں، جہاں ایک عورت سے اس کی مرضی نہیں پوچھی جاتی۔ مرد اور پیسہ عورت کے مقدر کا فیصلہ کرتا ہے۔ وہ مجبور و بے بس تھی کہ اس کے پاس طاقت تھی نہ پیسہ۔ لیکن انسان ہر وقت مجبور نہیں ہوتا۔

☆

وقت کا دریا بہتا رہا۔ گاؤں کی صبحیں اور شامیں گذرتی رہیں۔ کبھی گیہوں، کبھی چاول، کبھی مکا اور کبھی گنے کی فصلیں بوئی اور کاٹی جاتی رہیں۔ گائے بھینسیں، بکریاں چرتی رہیں۔ بچے جوان، جوان بوڑھے اور بوڑھے بھگوان کے پاس جاتے رہے۔ پوجا بھی عمر کے جھولے پر پینگیں بڑھاتی رہی۔ وہ جسمانی طور پر بالکل فٹ ہوگئی تھی، مگر اس کی روح کے زخم بھرنے کا نام نہیں لے رہے تھے۔ وہ اب بھی نیند میں کسمساتی، اسے ادھو اور اس کے ساتھی نظر آتے۔ سب کے سب سیاہ رنگ کے نقاب زیب تن کئے ہوئے ہیں۔ اس کی طرف خوفناک ارادوں سے بڑھ رہے ہیں۔ اور وہ چیخ مار کر بیدار ہو جاتی۔ ایسے میں ایک آشا تھی جو اس کی ہمت اور ڈھارس بندھاتی۔

آشا اس کی ماں، اس کا سہارا، اس کا آسرا، اس کی امید۔۔۔ سب کچھ تھی اس کے لئے۔۔ آشا صرف امید نہیں تھی بلکہ اس کے لئے ایک آسمان کی مانند تھی۔ وہ ایک ایسی چھت تھی، جس کے بغیر گھر کا تصور بھی محال تھا۔ آشا کو امید تھی کہ پوجا کی روح کے زخم بھی مندمل ہو جائیں گے۔ اور وہ عام لڑکیوں کی طرح برتاؤ کرے گی۔ اس کے دل میں پوجا کی شادی کے بہت سارے ارمان تھے۔ اس نے کیا کیا خواب سجائے تھے۔ اس نے سوچ رکھا تھا کہ وہ پوجا کی شادی ایسے لڑکے سے کرے گی جس کی پکی نوکری ہو۔ وہ پوجا کو ہمیشہ خوش دیکھنا چاہتی تھی۔ مگر اس حادثے نے اس کے ارمانوں کا خون کر دیا۔ پوجا کے ساتھ ساتھ اسے بھی گہرے زخم دیے تھے۔ وہ اندر سے زخمی ہوگئی تھی۔ اب تو وہ کسی بھی مرد

کے ساتھ پوجا کو بیاہنے کو تیار تھی۔ کوئی بھی لڑکا مل جائے وہ جلد سے جلد پوجا کے ہاتھ پیلے کرنے کو تیار تھی۔ اس نے اپنی بیٹی کے لئے جہیز بھی تیار کر رکھا تھا۔

پوجا کا حال عجیب تھا، اس کے دل میں کوئی جذبہ اور ارمان نہیں تھا۔ اسے تو مرد ذات سے نفرت ہوگئی تھی۔ اس حادثے نے اس پر نفسیاتی اثر ڈالا تھا۔ اب اس کے اندر جذبات کی گرمی نہ تھی۔ وہ خود کے اندر ایک برف کی سل پاتی تھی۔ اس کے اندر مرد کا لمس پانے کی کوئی خواہش، جستجو یا لگن نہیں تھی۔ وہ اپنے آپ کو بالکل سرد پاتی تھی۔ یہی سبب تھا جب کئی سال بعد پڑوس کے قصبے کا ایک رشتہ آیا تو اس نے آشا سے شادی کے لئے سختی سے منع کر دیا۔ آشا کی ساری آشائیں، کانچ کے گلاس کی مانند گر کر چکنا چور ہوگئیں۔ وہ پوجا کو ہر اونچ نیچ سمجھاتی۔

''پوجا بٹیا میں کوئی ہر وقت تیرے ساتھ رہوں گی، کبھی میں مر گئی تو تیرا کیا ہوگا۔ میں تجھے زمانے کے رحم و کرم پر نہیں چھوڑ سکتی۔ مجھے چین سے مرنے کے لئے جروری ہے کہ تو اپنے گھر کی ہو جائے۔''

ماں کے سمجھانے پر یہ ہوا کے پوجا نے خاموشی اختیار کر لی۔ آشا نے اس کی خاموشی کا مطلب سمجھ لیا۔ اس نے دیپ داس کو ساری بات بتا دی۔ دونوں نے شادی کی تیاریاں شروع کر دیں۔ لڑکا موہن داس قصبے کی مل میں صفائی کا کام کرتا تھا۔ پکا ہونے والا تھا۔ دونوں نے جھٹ منگنی اور پٹ بیاہ والی کہاوت پر عمل کرتے ہوئے پوجا کے ہاتھ پیلے کر رخصتی کر دی۔ موہن کا گھر پوجا کے لئے بالکل عجیب تھا۔ رات کو جب موہن داس نے اس کے تاروں کو چھیڑا تو اس کے جسم کے دھتارے پر کوئی آواز نہ سر ابھرا۔ موہن نے بربط کے تاروں کو خوب کسا، اس کے پیچ کسے اور دوبارہ سنگیت بجانا چاہا، مگر پوجا کے جسم کا بربط بے ربط اور ٹھنڈا پڑا تھا۔ موہن کی تمام کوششیں ناکام ہوگئیں۔ نہ سُر نکلے، نہ آواز۔ اپنی سی کر کے تھک ہار کر وہ سو گیا۔

☆

پوجا خود حیران تھی کہ اسے کیا ہو گیا ہے۔ اس کے اندر کی عورت کو کیا ہوا؟ کیا اس کے اندر نسائی جذبات ختم ہو گئے ہیں۔ اسے موہن کے لمس کا بھی احساس نہیں۔ موہن جب بھی اس کے تاروں کو چھیڑتا ہے، تو ایسا لگتا ہے، ادھوا اور اس کے ساتھی زبردستی اس کا ساز بجا رہے ہوں۔ موہن کا وجود کبھی ادھو تو کبھی اس کے دوست کی شکل اختیار کر لیتا، اور وہ بے بس سی، سپاٹ سی، جذبات سے عاری ایک جسم کے ساتھ پڑی رہتی۔ موہن نے اگلی رات بھی ساز بجانے کی پوری کوشش کی۔ لیکن برف جیسی سرد مہری ہی اس کا استقبال کر رہی تھی۔ اسے ایسا محسوس ہوتا گویا وہ ایک لاش کے ساتھ زبردستی اپنی خواہش کی تکمیل کر رہا ہے۔ کوئی حرکت نہ ہلچل۔ بس ٹھنڈے گوشت کی مانند، وہ پڑی رہتی۔ موہن نے ایک ہفتے، ایک ماہ انتظار کیا اور سارے تار، نشیب و فراز اور کساؤ جھنجھوڑ ڈالے۔ جھنجھلا کر اپنی کیفیت اور بے زاری دکھانے کی بھی کوشش کی لیکن سب بے سود ثابت ہوا۔ ساری محنت اکارت گئی تو اس نے پوجا کو طلاق دے کر گھر بھیج دیا۔

☆

پوجا کو خود پتہ نہیں تھا کہ اسے کیا ہو گیا ہے۔ اس کے واپس آنے سے آشا اور دیپ کی پوری برادری اور گاؤں میں بڑی بدنامی ہوئی۔ اور گھومتے گھومتے بات پورے گاؤں میں گھوم گئی کہ پوجا کے اندر کوئی کمی ہے جس وجہ سے اسے طلاق ہوئی ہے۔ کھوجی عورتوں نے راز پا لیا تھا کہ پوجا ایک برف کی عورت بن چکی ہے۔ اس کے تار کا کساؤ صرف دیکھنے کا ہے۔ اس کے اندر کی گرمی چھومنتر ہو چکی ہے۔

آشا بہت پریشان تھی۔ وہ بدنامی سے بھی ڈری ہوئی تھی۔ کھیت کاٹتے ہوئے، صفائی کرتے ہوئے آشا کو بس پوجا کا ہی خیال آتا رہتا۔ اسے پوجا کی کیفیت کا بھی اندازہ تھا۔ پوجا کے اندر کوئی کمی نہیں تھی، وہ اس حادثے کے بعد نفسیاتی مریض بن گئی ہے۔ وہ اکثر سوچتی کہ پوجا کو اس چکرویو سے نکالا کیسے جائے؟ وہ رات کو پوجا کو اپنے پاس ہی سلاتی تھی۔ اس کے دماغ میں ایک ترکیب آئی۔ اس نے رات کو پوجا کے

مخصوص اعضا پر ایک خاص قسم کے تیل کی مالش شروع کر دی۔ وہ روزانہ پوجا کے جسم کی مالش کرتی۔ اسے ہر طرح سے تیار کرتی۔ مگر پوجا کے جسم پر کوئی اثر نہ ہوتا۔

دونوں میاں بیوی پریشان تھے کہ ہمارے بعد پوجا کا کیا ہوگا؟ وہ کیسے اپنی زندگی گذارے گی۔ وہ اس کی دوسری شادی کی فکر میں تھے کہ کسی طرح پوجا کا گھر بس جائے۔ پورے گاؤں اور برادری میں ان کی جو بے عزتی ہوئی تھی۔ اس کی بھرپائی ہو جائے۔ اس بار انہوں نے ایسا لڑکا پسند کیا تھا، جس کی بیوی اسے چھوڑ کر کسی کے ساتھ بھاگ گئی تھی۔ کلوا بہت شریف انسان تھا۔ وہ منڈی سے پھل لاکر اپنے ٹھیلے پر بیچتا تھا۔ اس کی معقول آمدنی تھی۔ صرف ایک بوڑھی ماں اس کے ساتھ تھی۔ دیپ داس اور آشا کو آس تھی کہ کلوا کے ساتھ پوجا خوش رہے گی اور پوجا کی زندگی میں بہار آسکتی ہے۔ آشا کے دیپ جگمگانے لگے تھے۔

پوجا اب اور کسی تجربے کی بھینٹ نہیں چڑھنا چاہتی تھی۔ وہ لفظ شادی کے بھی خلاف تھی۔ اس نے تو گھر پر کپڑے سینے شروع کر دیے تھے کہ وہ اپنا گذارا کر سکتی تھی۔ وہ اپنی سہیلیوں سنگ بھی زیادہ نہ رہتی۔ ہاں جنگل کے لئے وہ ضرور اپنی سہیلیوں یا ماں کے ساتھ جاتی کہ کیا پتہ نہیں کون سا مرد گھات لگائے بیٹھا ہو۔

وہ اپنی ماں آشا سے پریشان تھی کہ وہ ہر وقت اس کے بیاہ کی ہی بات کرتی تھی۔ وہ تو اپنے باپو سے بھی نفرت کرتی تھی لیکن حیرت انگیز طور پر اس کی نفرت میں کمی آئی تھی، اسے ایک مجبور باپ کی بے بسی کی تصویر اپنے باپ میں نظر آتی۔ جو ہر وقت اس کی بھلائی کے بارے میں ہی سوچتا تھا۔ وہ دونوں صرف اس کی خاطر ہی تو دوسروں کے گھروں میں کام کرتے تھے۔ فصل کے بعد کام والے گھروں سے کبھی اناج، کبھی کپڑے لتے اور کبھی نقد پیسے مل جاتے۔ وہ دونوں اس بات کا لحاظ رکھتے کہ کوئی نہ کوئی پوجا کے پاس رہے، تاکہ ایسا واقعہ دوبارہ نہ ہو۔ اسے یہ بھی یاد تھا کہ ایک بار کنویں سے اس کی برادری کو پینے کا پانی دینے سے چودھری ملکھان نے منع کر دیا تھا۔ تو اس کی ماں کو کافی دور سے پانی لانا پڑتا تھا۔ آخر کار اس کی برادری والوں نے مل کر ایک ہینڈ پمپ لگوایا تھا۔ وہ اپنے ماتا پتا کی خاطر ایک بار پھر شادی کے لئے تیار ہو گئی۔ دیپ کی روشنی سے آشا کے دیپ جل اٹھے تھے کہ پوجا اس بار ضرور رانی بنے گی۔

☆

پوجا اور کلوا کی زندگی کی وہ رات بڑی معنی خیز تھی۔ جب دونوں کا ملن ہونے والا تھا۔ دونوں کو اس کا بڑی بے صبری سے انتظار تھا۔ پوجا چاہتی تھی کہ اس بار اس کے والدین کو کوئی تکلیف نہ ہو۔ خاص کر اس کی ماں آشا، کی زندگی کے دیپ کی لو سے اس کے من مندر کا کونا کونا منور ہو جائے۔ وہ پوجا کا گھر آباد دیکھنے کی خواہاں تھی۔ وہ پوجا کو رانی بنا ہوا دیکھنا چاہتی تھی۔ اس نے رخصتی کے وقت بہت ساری نصیحتیں کی تھیں۔

''بیٹا اپنے پتی کا ہر خیال رکھنا۔''

''پہلی رات ہی میاں بیوی کے مضبوط رشتے کی بنیاد ہوتی ہے۔''

''اب وہی تیرا اصلی گھر ہے۔ ہم سب تو تیرے ہیں ہی۔ لیکن پتی کیسا بھی ہو، پرمیشور ہوتا ہے۔''

''تمہیں ہر حال میں اپنی ساس اور پتی کا دل جیتنا ہے۔ دیکھنا پھر تو رانی بن کر راج کرے گی''

پوجا اب کافی سمجھدار ہو گئی تھی۔ اس نے زمانے کے کافی نشیب و فراز دیکھے تھے۔ اس کی نظر میں عورتوں کے وہ طعنے بھی تھے، جن سے آگ برستی تھی۔ گاؤں کے لوگ اس انتظار میں تھے کہ پوجا کبھی بھی طلاق کے ساتھ واپس آسکتی ہے۔ سب کو یہ امید تھی کہ پوجا اور کلوا کا بھی نبھاؤ مشکل ہے۔ جب وہ موہن کے ساتھ نہیں رہی، تو کلوا کے ساتھ کیسے رہ سکتی ہے۔ کلوا تو پھر بھی عمر دراز ہے۔ پوجا بھی اب کوئی بچی نہیں رہی تھی۔ اس نے بھی عمر کی پینتیس بہاریں دیکھ لی تھیں۔ وہ بھی اب پختہ ہو چکی تھی۔ مانا کہ اس حادثے نے پوجا کو توڑ کر رکھ دیا تھا۔ مگر وہ کیا کرتی؟

☆

وہ رات بڑی قیامت کی رات تھی۔کلوا کو بھی اس رات کا بے صبری سے انتظار تھا۔اس کی بیوی کو گئے ہوئے کئی برس ہو گئے تھے۔ جب سے اس نے اپنی زندگی میں کوئی خوشی نہیں دیکھی تھی۔ وہ تو سمجھو کہ ماں تھی جو اسے وقت پر دو روٹی مل جاتی تھی۔ ماں کو بھی اس کی بہت فکر تھی۔ ماں دن رات اس کے لئے گھل رہی تھی۔ ماں چاہتی تھی کہ اس کا گھر پھر سے بس جائے۔کوئی سگھڑسی بہو آ جائے جو کلوا کو سنبھال لے۔اس کا ہر طرح کا خیال رکھے۔ پیسے کی کلوا کے پاس کمی نہیں تھی۔ وہ روزانہ سوسوا سو روپے کما لیتا تھا۔ بیماری اور علاج معالجے ہی میں اس کا بہت سا پیسہ لگ جاتا تھا۔اور وہ بھی الم غلم معجون استعمال کیا کرتا۔اسے بھی آج کی رات کا بے صبری سے انتظار تھا۔ جب پوجا کی اس سے رشتے کی بات چلی، تو وہ خوش تھا۔گو کہ اسے یہ بھی علم تھا کہ پوجا ماضی میں ایک دردناک حادثے کا شکار ہو چکی ہے اور اس کی ایک شادی بھی خراب ہو چکی ہے۔ان سب کے باوجود اس نے پوجا کا رشتہ قبول کر لیا تھا کہ اب وہ بہت تھک چکا تھا۔ وہ زندگی میں آرام چاہتا تھا۔اس کا دل چاہتا کہ کوئی عورت گھر پر اس کا انتظار کرے اور اس کے گھر پہنچنے پر خوش دلی سے اس کا استقبال کرے۔اس کی ماں کی بھی دیکھ بھال کرے۔بس یہی اس کے ارمان تھے۔ رات کو جب وہ دلہن کے کمرے میں پہنچا۔ کمرہ کیا تھا۔مٹی کا ایک چھوٹا سا کمرہ اور اس کے آگے اسارہ۔ اسارے پر پھوس کی چھان۔ ماں اکثر اسارے میں ہی سوتی تھی۔

اس رات جب وہ دلہن کے کمرے میں پہنچا تو اسے وہ کمرہ عجیب سا لگا۔ یہ وہی کمرہ تھا جو ہمیشہ بے ترتیبی کا شکار رہا۔کبھی ماں اسے سنوار دیتی تو وہ ماں سے کہتا۔

''ماں کیوں محنت کرتی ہو مجھے تو یہ کمرہ یوں ہی ٹھیک لگتا ہے''

لیکن آج کمرے کی صورت ہی بدلی ہوئی تھی۔ نواڑ کے پلنگ پے نفیس چادر بچھی تھی۔ چادر سے ملتے جلتے دو تکئے تھے۔شاید پوجا اپنے گھر سے لائی تھی۔ کمرے کی ہر چیز سے سلیقہ جھلک رہا تھا۔ پوجا دلہن بنی بیٹھی تھی۔کلوا نے گھونگھٹ اٹھایا تو ایسا لگا کمرے میں ریڈیم کی کوئی چیز روشن ہو گئی ہو۔ رسمی گفتگو کے بعد کلوا نے اندھیرے میں اپنے گھوڑے دوڑائے۔ پورے میدان کو کھوندنے کے بعد جب وہ گول کرنا چاہتا تھا تب اس کے گھوڑے اوندھے منھ گر پڑے۔ پوجا کے کھیت میں ہل چلنے سے کوئی ہلچل نہ ہوئی جبکہ اس نے اپنی سی بہت کوش کی تھی۔کلوا کے ہانپنے کی آواز، اس کی سانسوں کے زیر و بم کے ساتھ پوجا کے ویرانے میں سنائی پڑ رہی تھی۔ پوجا کے لئے یہ عجیب منظر تھا۔اس نے یہ توقع نہ کی تھی کہ کلوا زبانی پہلوان ثابت ہوگا۔اسے تو امید تھی کہ وہ بھی موہن کی طرح اسے بھنبھوڑ ڈالے گا۔اور اسے بھی پوجا ارچنا میں اس کا بھرپور ساتھ دینا ہوگا۔اس بار وہ تیار تھی کہ اپنی طرف سے کوئی کور کسر نہ چھوڑے گی۔اور اگر کلوا کی جگہ اسے ادھو اور اس کے ساتھیوں کا عکس نظر آئے گا تو وہ اپنے ذہن سے اسے جھٹک دے گی۔اور اپنی گرمی کا مکمل اظہار کرے گی۔مگر کلوا نے کھیت میں ہل چلانے میں بڑی جلد بازی دکھائی۔ حالات اور اس کی ٹھنڈک، اس کا منھ چڑھاتی رہی۔

جسے اس کی سرد مہری کی شکایت ہونی چاہئے تھی وہ تو خود ٹھنڈا ہو کے تھک تھکا کر نیند کی آغوش میں جا چکا تھا۔

مظلوم ماں

شہباز ارشد

اکبر نے جوں ہی صدر دروازے پر قدم رکھا، گھر کے اندر سے چیخنے چلانے کی آواز اُسے صاف سنائی دے رہی تھی۔ اکبر سب کچھ سمجھ گیا تھا۔

کچھ بڑبڑاتے ہوئے اس نے دروازے پر دستک دی۔

اندر سے کسی نے بہت ہی کمزور آواز میں پوچھا: ''کون''؟؟؟

اکبر سمجھ گیا کہ یہ کس کی آواز ہے۔

کچھ بتائے بغیر وہ پھر زور زور سے دروازہ کھٹکھٹانے لگا۔

کون ہے بھئی؟ اندر سے پھر کسی نے بہت ہی ناتواں آواز میں دوبارہ پوچھا۔

اکبر نے پھر سے کوئی جواب نہیں دیا۔

اس نے پھر سے دروازہ کھٹکھٹایا۔

بیٹا! ساحل ذرا دیکھ تو، کون ہے دروازے پر؟

اختری بیگم نے اپنے سات سالہ پوتے ساحل سے کہا۔

ساحل نے ابھی دروازے کی جانب قدم بڑھایا ہی تھا کہ بڑی بہو نے اُسے ڈانٹتے ہوئے کہا: ''کہاں جا رہے ہو''؟ میں نے کہا تھا نا کہ: کتاب لے کر پڑھنے بیٹھو۔

کم سن ساحل سہم گیا؛ وہ کبھی ماں کا چہرہ دیکھتا اور کبھی دادی کا۔

نحیف گھٹنوں پر زور دیتی، کراہتی اور شکن آلود رخساروں پر قطرہ قطرہ ڈھلتے آنسوؤں کو پلو سے صاف کرتی ہوئی اختری بیگم اٹھیں اور انہوں نے آہستہ آہستہ گھر کا دروازہ کھولا۔

سامنے اکبر کھڑا تھا۔

اکبر کو دیکھتے ہی اختری بیگم کے بدن میں ایک سنسناہٹ سی دوڑ گئی۔

دل ہی دل میں سوچنے لگیں: یا اللہ! اب کیا ہوگا؟

کہیں اس نے ہماری باتیں سن تو نہیں لیں۔

''نہیں نہیں، یہ تو ابھی آیا''؛ اختری بیگم نے دل ہی دل میں خود کو تسلی دی۔

''لیکن دروازے پر دستک تو بہت دیر سے دی جا رہی تھی''؛ اختری بیگم نے ذہن پر زور دیا۔

تب تو یقیناً اس نے ساری باتیں سن لی ہوں گی۔

''یا اللہ! رحم فرما''۔ آسمان کی طرف نگاہ کر کے اختری بیگم نے دل ہی دل میں التجا کی۔

بیٹا! آج جلدی آ گئے ؛اختری بیگم نے اپنا انداز نارمل کرتے ہوئے اکبر سے سوال کیا۔

اکبر کوئی جواب دیئے بغیر آگے بڑھ گیا۔

اختری بیگم کے دکھی دل نے گواہی دی کہ: اس نے یقیناً سب کچھ سن لیا ہوگا۔

''یا اللہ! اب کیا ہوگا''۔اختری بیگم کے ذہن ودماغ پر ایک نامعلوم سا ڈر چھانے لگا۔

اکبر کو دیکھتے ہی بڑی بہو، چھوٹی بہو، ساحل، صبا اور سمیع سب ادھر ادھر ہو گئے۔

آج باپ کو دیکھ کر دونوں بچے ساحل اور صبا چاکلیٹ کے لئے دوڑے نہیں آئے ؛ بلکہ دونوں نے سہمے سہمے کمرے میں جا کر اپنی اپنی کتابیں اٹھائیں، اور کمال ہنر کے ساتھ دونوں پڑھنے کی اداکاری کرنے لگے۔

آج بچوں کے معصوم چہرے سے مسکراہٹ غائب تھی، اُن کے چہرے سے لگ رہا تھا کہ انہیں کسی آنے والے طوفان کی امید نے فکرمند کر دیا ہے۔

دونوں بھائی بہن ایک دوسرے کا چہرہ بار بار دیکھ کر کسی تشویش ناک واقعے کا انتظار کر رہے تھے۔

اکبر نے چپ چاپ کپڑے بدلے، اور منہ ہاتھ صاف کر کے ابھی حمام سے باہر آیا ہی تھا کہ کسی نے دروازے پر دستک دی۔

چھوٹی نے فوراً دروازہ کھولا۔ سامنے اصغر کھڑا تھا؛ اصغر نے چھوٹی کو دیکھتے ہی مسکرایا، لیکن چھوٹی کا اترا ہوا چہرہ دیکھ کر اصغر کے چہرے سے فوراً ہی مسکراہٹ غائب ہو گئی۔

کیا ہوا محترمہ؟ سب خیریت تو ہے؟ اصغر نے چھوٹی سے پوچھا۔

''کیا ہوا!!!'' چھوٹی نے آہستہ سے بڑبڑایا، اور پھر وہ اندر اپنے کمرے میں چلی گئی۔

اصغر کو بات کچھ کچھ سمجھ میں آ گئی تھی؛ اس نے زیرِ لب بڑبڑاتے ہوئے کہا: اس بڑھیا کا!!! کیا۔۔۔ک۔۔۔

بھیا! آج آپ کچھ جلدی آ گئے کیا؟ میں نے آپ کا انتظار کیا لیکن بعد میں معلوم ہوا کہ آپ گھر کے لئے نکل گئے ہیں۔طبیعت تو ٹھیک ہے؟ اصغر نے اکبر کو گھر کے آنگن میں دیکھتے ہی کئی سوالات داغ دیئے۔

''ہاں ٹھیک ہے''۔اکبر نے پھیکے انداز میں مختصر سا جواب دیا اور آگے بڑھ گیا۔

اصغر کو اپنے بڑے بھائی کا یہ انداز کچھ ٹھیک نہیں لگا۔

اکبر ہاتھ منہ دھو کر کمرے میں گیا ہی تھا کہ کچھ سرگوشیاں ہونے لگیں؛ آواز اکبر اور بڑی بہو کی تھی؛ کچھ تکرار بھی ہونے لگی۔

کچھ دیر بعد اکبر آنگن میں آ کر زور زور سے چلانے لگا: ''امی! امی!''۔

اختری بیگم جو بے چاری حالات کی ماری پہلے ہی سے ڈری سہمی بیٹھی تھیں، اب اکبر کی گرجدار آواز نے انہیں کافی زیادہ خوف زدہ کر دیا۔

''اب کیا ہوگا! الٰہی رحم فرما''۔اختری بیگم کی بے نور آنکھوں سے آنسو یوں ٹپ ٹپ گر رہے تھے جیسے پتیوں پر سے شبنم کی بوندیں گرتی ہوں، انہوں نے اپنے بہتے آنسوؤں کو پونچھتے ہوئے دل ہی دل میں باری تعالیٰ کو پکارا۔

ادھر بچے جو اپنے کمرے میں پہلے ہی سے اس طوفان کے منتظر تھے، اسے سامنے آتے دیکھ کر بالکل ہی سہم گئے۔

اصغر جو ابھی ابھی ہی آیا تھا اور کمرے میں کپڑے بدل رہا تھا، اکبر کی چیخ پکار سن کر حیرت سے چھوٹی کی طرف دیکھنے لگا؛ اشاروں ہی اشاروں میں چھوٹی سے پوچھا:

''کیا ہوا؟؟؟؟''

چھوٹی نے منہ بناتے ہوئے صرف اتنا کہا: ''تمہاری امی''۔

اکبر کی دھاردار آواز سن کر سب لوگ آنگن میں آ گئے تھے۔

بس نہیں آئی تو صرف اختری بیگم۔

''ساحل اپنی دادی کو بلا لاؤ''۔ اکبر نے ساحل سے اس طرح کڑک آواز میں کہا کہ ساحل بالکل ہی ڈر گیا۔

''دادی! ابو آپ کو بلا رہے ہیں''۔ ساحل نے اختری بیگم کے کمرے میں داخل ہوتے ہی ان سے کہا۔

اختری بیگم ساحل کو کچھ اس طرح حسرت بھری نگاہوں سے دیکھ رہی تھیں گویا اب یہی بچہ اس مصیبت میں ان کا مددگار ہے۔

اختری بیگم اپنے بکھرے ہوئے نحیف ترین وجود کو سمیٹ کر آہستہ آہستہ باہر آنے لگیں؛ کچھ دیر ہوئی تو اکبر نے پھر سے چلا کر کہا: ''ارے مر گئی کیا؟''۔

اختری بیگم کے باہر آتے ہی اکبر نے تیکھی نظروں سے انہیں دیکھتے ہوئے اپنی کڑک آواز میں کہا: ''تم، ہم لوگوں کو سکون سے جینے دو گی یا نہیں؟ تم آخر مر کیوں نہیں جاتی؟ رذیل عورت! ہمیں اب تو بخش دو''۔

اکبر جی بھر کر اختری بیگم کو گالیاں دے رہا تھا، اور بڑی بہو اور چھوٹی دل ہی دل میں خوش ہو رہی تھیں جس کے آثار ان کے چہرے پر صاف صاف دیکھے جا سکتے تھے۔

اختری بیگم اپنے لاڈلے کی زبان سے گالیاں سنتی رہیں، آنسو بہاتی رہیں، اور جب ان سے برداشت نہ ہو سکا تو وہ سسکتی بلکتی دھیرے دھیرے اپنے کمرے میں چلی گئیں۔

پورے گھر میں ایک عجیب سے سناٹے نے بسیرا ڈال دیا تھا، بس تھوڑے تھوڑے وقفے سے اختری بیگم کے کمرے سے سسکنے کی اذیت ناک آوازیں آ جاتی تھیں۔

گھنٹہ ڈیڑھ گھنٹہ بعد جب سارے لوگ پرسکون ہو گئے تو دسترخوان بچھایا گیا اور انواع و اقسام کے کھانے چنے گئے؛ سب لوگ بیٹھ گئے اور برتنوں کے کھنکنے کی آوازیں آنے لگیں۔ سب کچھ حسبِ معمول ہی تو چل رہا تھا؛ وہی ہنسی مذاق، وہی قہقہے؛ وہی باتیں، وہی یادیں؛ بھائی! ذرا روٹیاں بڑھانا، بھابھی! ذرا قیمہ پاس کرنا، چھوٹی! ذرا کباب کی ٹرے کھسکانا، بچو! اتنے میں کام نہیں چلے گا، ایک ایک روٹی اور لے لو؛ وغیرہ وغیرہ۔ ایسا لگ رہا تھا جیسے کچھ ہوا ہی نہ ہو؛ ہاں! اگر کہیں طوفان کا شور تھا تو اختری بیگم کا حجرہ تھا، وہ بے چاری اپنے وجود کے نہاں خانے میں پوری طرح ٹوٹ چکی تھیں۔

ساحل اور صبا نے ایک دو بار اپنی امی سے کہنا بھی چاہا لیکن ننھی منھی جانوں کو کچھ کہنے کی ہمت نہیں ہوئی۔

ساحل بار بار اپنی دادی کے کمرے کی طرف دیکھ رہا تھا اور اپنے والدین کی طرف بھی کہ کہیں وہ اُسے دیکھ نہ لیں؛ اور پھر ایک بار بڑی بہو نے دیکھ ہی لیا۔ اب بجلی ساحل پر گرنے والی تھی، بہو نے تیز آواز میں اُسے ڈانٹتے ہوئے کہا: ''ساحل اِدھر اُدھر جھانکنا بند کرو اور کھانے پر دھیان دو''۔ ساحل ڈر گیا کہ کہیں امی کے ساتھ ابو بھی نہ ڈانٹنے لگ جائیں؛ اُس نے اپنا چہرہ جھکا لیا اور چپ چاپ اپنی پلیٹ مکمل کی۔

سب لوگ کھانے سے فارغ ہو گئے، دسترخوان اٹھا لیا گیا اور برتن بھی دھو دھا کر کچن میں رکھ دیئے گئے، لیکن کسی کو اختری بیگم کا خیال تک نہیں آیا۔

سب اپنے اپنے کمروں میں بند ہو گئے اور ستم رسیدہ اختری بیگم کی بوڑھی آنکھوں سے لہو کے قطرے ٹپکتے رہے؛ وہ بے چاری شدت کرب میں سسکتی رہیں اور اپنی ماضی کو یاد کرتی رہیں۔

آج سب سے زیادہ انہیں اپنے شوہر نامدار احمد میاں یاد آرہے تھے؛ احمد میاں کی یاد آتے ہی اختری بیگم کی بھیگی آنکھوں سے گویا موٹے موٹے آنسوؤں کا ایک سیلاب غم امنڈ آیا جسے وہ دیر تک اپنے بوسیدہ آنچل میں سمیٹتی رہیں۔

رات کے دو بج گئے تھے، چاروں طرف سناٹا تھا، لوگ اپنے اپنے بستروں پر محوِ خواب تھے، ہر طرف خاموشی تھی، صرف کبھی کبھی کتوں کے بھونکنے کی آوازیں آجاتی تھیں؛ اور کائنات پر چھائی شب غم کی اِس اتھاہ تیرگی میں ایک چھوٹے سے حجرے کے اندر ایک ضعیف و ناتواں، بے کس و بے بس بوڑھی ماں اپنے بچوں کو نو مہینے پیٹ میں پالنے، دو سال تک خون جگر پلانے، مزدوری کر کے اور دوسروں کے گھروں میں کام دھام کر کے انہیں اعلی تعلیم یافتہ بنانے کا بدترین صلہ پا رہی تھیں۔

اچانک سے اختری بیگم اٹھیں اور چارپائی کے نیچے رکھے شکستہ صندوق کو کھول کر اُس میں کچھ تلاش کرنے لگیں۔

بڑی دیر بعد کچھ ہاتھ لگا، وہ ایک تصویر تھی جسے اختری بیگم نے پہلے اپنے پلو سے صاف کیا اور پھر بڑی چاہ کے ساتھ ٹکٹکی باندھ کر اُسے دیکھنے اور سسکنے لگیں۔

تصویر کو دیکھ کر اختری بیگم اپنے ماضی کے تصور میں کھو گئیں۔

کس طرح سے احمد میاں نے انہیں اس گھر میں بیاہ کر لایا تھا! ایک طرف یہ خوشی تھی کہ میاں نیک، شریف اور با کردار تھے اور دوسری طرف یہ بے چینی بھی کہ غریبی نے پورے گھر میں اپنا پیر پھیلا رکھا ہے۔

میاں بیوی دونوں دن بھر محنت کرتے تب جا کر کہیں دو وقت کی روٹیاں نصیب ہو پاتیں، پھر بھی دونوں بہت خوش تھے، ہنستے مسکراتے ایک دوسرے کے ہاتھ تھام کر زندگی کی ناؤ کھیئے جا رہے تھے، لیکن خوشیوں کا دیپک سلگتے سلگتے اُس وقت بجھنے لگا جب تین سال تک آنگن میں امید کا کوئی پھول نہیں کھلا۔

اب اختری بیگم مایوس رہنے لگیں؛ زندگی سے رنگ و آب چلا گیا، چہرے سے ہنسی اڑ گئی؛ وہ باتیں بھی اب بہت کم کرتیں؛ نہ پہلے کی طرح چہکنا، نہ لہکنا؛ بس ہمہ وقت کھوئی کھوئی سی رہنے لگیں......! احمد میاں انہیں بڑے پیار سے سمجھاتے: ''دیکھو تمہیں دکھی ہونے کی ضرورت نہیں، اللہ کے یہاں دیر ہے پر اندھیر نہیں''۔

احمد میاں کی پر امید باتوں سے اختری بیگم وقتی طور پر تسکین محسوس کرتیں لیکن کچھ دنوں کے بعد پھر وہی ذہنی تناؤ۔

اب اختری بیگم بیمار بھی رہنے لگی تھیں۔

پھر پانچ سال بعد درگاہ حق تعالی میں ہزاروں بار گرگرانے اور ہزاروں منتوں کے بعد گھر میں اکبر کی کلکاری گونجی تو اختری بیگم کے تو گویا پیر ہی زمین پر نہیں لگ رہے تھے۔۔۔۔ایسا لگ رہا تھا جیسے انہیں یکا یک خلد بریں مل گئی ہو۔

پھر دو سال بعد اصغر نے آنکھیں کھولیں۔ احمد میاں نے محنت مزدوری کر کے دونوں بچوں کو اعلی تعلیم دلائی؛ اکبر ہائی اسکول میں استاد ہوا، او اصغر نے ابتداء چھوٹے پیمانے ہی پر تجارت شروع کی اور خوب عروج پایا۔ اکبر کی شادی کرائی، اور پھر ایک دن اچانک وہ نہ بھولنے والا حادثہ پیش آیا جس نے اختری بیگم کے قصر آرزو کو ریزہ ریزہ کر کے رکھ دیا۔

دل کا دورہ پڑنے سے احمد میاں اچانک سے اس جہان رنگ و بو کو الوداع کہہ گئے۔

اپنے ماضی کی یادوں میں کھوئی ہوئی اختری بیگم کب نیند کی آغوش میں چلی گئیں، پتہ ہی نہیں چلا۔

صبح ہو چکی تھی، لوگ ضروریات سے فارغ ہو کر اپنے اپنے کام میں لگ رہے تھے، بچے اسکول جانے کی تیاریاں کر رہے تھے، چاروں طرف آوازیں بلند ہو رہی تھیں، پرندے چہچہا رہے تھے، گھر کی عورتیں ناشتہ بنانے میں مصروف تھیں؛ بڑی بہو اور چھوٹی بھی ناشتہ بنانے اور بچوں کو تیار کرنے میں لگی ہوئی تھیں۔

ناشتہ تیار ہوا، دسترخوان سجا دیا گیا، سب لوگ ناشتے میں آ گئے۔

اصغر نے پلیٹ میں سبزی لیتے ہوئے چھوٹی سے پوچھا: ''امی نہیں اٹھیں ابھی تک؟''۔

''پتہ نہیں''۔ چھوٹی نے بے رخی سے جواب دیا۔

اکبر نے ساحل سے کہا: ''بیٹا! جاؤ دادی کو جگا دو''۔ اکبر نے یہ بات ایسے کہی جیسے کہ احسان کر رہا ہو۔

ساحل نے اختری بیگم کے کمرے میں داخل ہوتے ہی کہا: ''دادی! چلو ناشتہ کرنے''۔

اختری بیگم نے کوئی جواب نہیں دیا۔

ساحل کے بار بار کہنے پر بھی جب اختری بیگم نے کوئی جواب نہیں دیا تو ساحل نے اُن کی کرتی پکڑ کر کھینچی؛ اختری بیگم چارپائی سے نیچے منہ کے بل گر پڑیں۔

ساحل نے چلایا: ''ابو! دادی کو کچھ ہو گیا ہے''۔

سب لوگ اختری بیگم کے کمرے میں داخل ہوئے، اکبر نے اختری بیگم کو ہلا کر کہا: ''اماں! اماں''۔

مگر جواب ندارد۔

اختری بیگم جا چکی تھیں، دور، بہت دور، نیلے آفاق کے اُس پار، ایک ایسی منزل پر جہاں سے کبھی کوئی واپس نہیں آتا۔ سب نے مل کر اوندھی پڑی اختری بیگم کو سیدھا لٹایا تو اُن کے ہاتھ میں ایک پرانی تصویر نظر آئی۔ اکبر نے اسے اختری بیگم کے ہاتھ سے الگ کیا، دیکھا تو وہ اکبر او اصغر کے بچپن کی تصویر تھی جو بالکل نم ہو چکی تھی، شاید رات کے آخری پہر اختری بیگم نے عقبی کی طرف روانگی سے پہلے اپنے بچوں کے بچپن کو اشکوں کی آب جو میں نہلا دیا تھا۔

ooo